もふもふを
知らなかったら人生の半分は
無駄にしていた
vol.3

ルー
「ルーディス・メウ・カルネウス」という真名《まな》を持つ神獣。美しい毛並みで、強大な力を秘めている。
ラピス
深い青色の瞳と真っ白な体毛を持つ、手のひらサイズの小さな狐のような神体。「きゅ」と鳴き、もふもふで愛らしい。
ユータ
日本の田舎から異世界に転生した少年。領主であるカロルスに助けられ、異世界の知識や魔法などを習得していく。

キース
冒険者「放浪の木」のメンバーで、ナイフの双剣使い。強面で無口だが、実はいじられやすい。
ピピン
冒険者「放浪の木」のマスコットキャラ的な存在で、よくキースをからかっている。
エリーシャ・ロクサレン
カロルスの妻。カロルスの代わりに執務を行うなどしっかりした半面、泣いたりはしゃいだり子どもっぽい面もある。
レンジ
冒険者「放浪の木」リーダー。正義感が強く、若い冒険者の面倒見がいい。
カロルス・ロクサレン
ロクサレン地方を治める辺境伯。妻子は王都にいて辺境の地に単身赴任中。イケメンだが面倒くさがり屋の元A級冒険者。

1章　幻獣店と露店めぐり

「お前、聞いた？　天使の話」

「あー『ロクサレンの奇跡』だろ？　眉唾《まゆつば》モンだろぉ？　大体ゴブリンの集落ぐらい、犠牲者ゼロってそんな難しいコトかぁ？」

「でもよぅ、巨大集落だっつう話だぜ？　上位種ごろごろいたってよ。絶体絶命！　死にかけたヤツラの頭上に現れた絶世の美女が、ピカーってよ！」

「そこがおかしいじゃねーか。上位種がごろごろいたら、まずそのへんの冒険者掻《か》き集めたって殲滅《せんめつ》自体が無理だろうよ」

「そこはアレだ、A級がいたらしいぜ？　すげー魔法でドカンだ！」

「そりゃ都合のいいこったな……」

はあ……全く噂《うわさ》ばかり一人歩きして、ろくな情報がないんだから。あやふやな天使話で盛り上がる男たちを横目に、ため息を吐《つ》いて髪を掻き上げる。

昨日、討伐隊の一部が帰ってきてゴブリン団壊滅の一報がもたらされ、大いにギルドを沸かせた。それだけならよかったのだけど、同時にもたらされた「天使降臨」の噂の方は尾ひれにツノまでついて広がって、もう何が真実なのやら。

きちんと手入れした自慢の金髪は、するすると滑《なめ》らかな指通りで私を少し落ち着かせた。

「はぁ……」

「……どうした？　……ささっと剃《そ》ってきてもいいぞ？」

大して興味もない様子の見当違いな気遣《きづか》いに、思わず手元にあった燭台《しょくだい》を投げる。

「ヒゲなんて生えてないわよ‼　……まだ」

「うおぉ……この野郎！　口で言や分かる！　こんなモン投げんじゃねえ‼」

咄嗟《とっさ》にガキンと剣の柄《つか》で受け止めたギルドマスターに、こっそり舌打ちして向き直った。

「どーしてギルドで調査しちゃダメなのよ！」

「あーん？　また『天使』かぁ？　どうしてってお前……当たり前だろうが。んなあやふやなモンに時間割《さ》いてられっかよ、ただの噂じゃねえか。報告書だってもうすぐ届くだろう」

「だって‼　すんっごい美少年だったとか！　絶世の美女だったとか！　はたまた垂涎《すいぜん》の美青年だったとか！　確かめてみたいでしょう？　ねっ⁉」

「ねっ？　じゃねえ‼　垂涎なのはお前だけだ‼　そんな理由で調査するか‼　100個ぐらいまとめて罰《ばち》に当たってしまえ‼」

ぶんっ！　……ガキッ！

「ひっどーい！　ギルドの華《はな》になんてこと言うのよ！」

「うるせぇ！　てめえはまずその口より先に動く手をなんとかしてから言いやがれ!!」

全く！　うちのギルドマスターってば融通《ゆうずう》が利《き》かない。でも……そう、もうすぐ報告書が届くはず。あそこの執事さんは適当なことを書いて寄越《よこ》す人じゃないもの、確かロマンスグレーのセクシーな方よ。優雅な仕草に引き締まったお尻がとってもキュートで……そうそう、それにあそこの領主様ってば、ホント女泣かせなのよねぇ、あんなに素敵《すてき》なのに早々に結婚して田舎に引っ込んじゃうなんて。そういえば息子さんはそろそろいいお年頃かしら……。

私の緩《ゆる》んだ表情から、思考が逸《そ》れたと正しく判断したらしいギルドマスターは、そっと追加の書類をサブギルドマスターである私のデスクに押しやった。


「ふう、一段落かしら？」

むさいギルドマスターと顔を突き合わせていることに限界を感じて、その時私は息抜き代わりに受付業務のお手伝いを買って出ていた。

「ジョージさん、いつも受付まで手伝ってもらってすみません」

「それはいいの。でも、ジョージはダメ！　そうね……セシリアとかにして！」

「……それ、誰ですか……」

ギィー……パタン……。

受付業務もひと段落したギルドの昼下がり、響いたドアの開閉音に目をやると、入ってきたのはあのセクシーな執事さんじゃないの！　とびきりの笑顔で迎えなくては。

「ロクサレン家、グレイ様！　ご無沙汰《ぶさた》しております」

慌《あわ》ててカウンターの前へ回って完璧な所作で微笑むと、ふと感じた視線に目線を下げた。

「……あ……こんにちは？」

不思議そうにこちらを見上げて挨拶《あいさつ》したのは……天使……？

＊＊＊＊＊

「……お前、あんなことがあったのに、よく行きたいと思えるな」

馬車の前でウキウキとはしゃぐオレに、カロルス様はなんともいえない顔をした。そんなの、行きたいに決まってるよね！　ハイカリクの街だよ！　なんでも、ゴブリン団の顛末《てんまつ》について報告がてら、お出かけするかってことになったらしい。

「怖くは……ないか？　ギルドへの報告がメインだ、不安なら出かけるのは次の機会に……」

「ううん！　怖くない！　オレ、お出かけしたい!!　ラピスもいるし、大丈夫！」

やっぱりお前は留守番、なんて言われちゃたまらない！　大急ぎで答えて、離すまいとひしっとカロルス様にしがみついた。だって、エリーシャ様ももうすぐ戻ってくるから、ハイカリクで待ち合わせるって言うんだよ？　みんなでお出かけできるんだよ⁉

「わかったわかった、置いていかねえよ」

カロルス様は苦笑すると、ひょいとオレを抱え上げて馬車に乗り込んだ。


久しぶりのハイカリクの街は、相変わらず活気があって人が多くって……やっぱりそわそわしてしまう。宿をとった翌日、さてギルドへと思ったら、領主館を離れたからといって仕事がないわけではないらしく、カロルス様はガッチリと執事さんに捕獲《ほかく》されていた。

ちなみに今回一緒にハイカリクに来ているのは、カロルス様、執事さん、セデス兄さんだ。あとメイドさんと護衛さんが数人、今回はロクサレン家の馬車なので御者《ぎょしゃ》さんも。マリーさんは館の守りだ……まさにハウスキーパー？　むしろこの面子だと護衛の方を守る必要が出てくるのだけど、形式上最低2人の護衛は必要らしい。頑張って御者さんと馬車を守ってあげて！

結局、報告には執事さんが行くことになったので、オレも無理を言ってギルドまで同行させてもらった。軋《きし》むドアを開けて足を踏み入れると、昼下がりのギルドは以前と全く違うのんびりした雰囲気で驚いた。奥のカウンターにいたキレイな人が、執事さんに気付いてにこやかに挨拶してくれたんだけど、思ったより随分低い声だったので、少し不思議な気がした。

……と、じっと見ていたら、キレイな人がふと目線を下げてオレと目が合った。慌てて挨拶すると、目を丸くするやいなや、突然ぐんっと抱き上げられて頭がガクンとなってしまう。

「きゃ～何これ！　天使！　いや～‼」

大興奮したその人にぐりぐりと頬ずりされて戸惑う……どことなくエリーシャ様やマリーさんじゃなくて、セデス兄さんやカロルス様にぐりぐりされているような感じがする……。

「ジョージさん？」

ピリッと怒りのオーラを滲《にじ》ませた執事さんが、ちょっと乱暴にオレを奪い返した。

「……ハッ⁉　す、すみません。あまりにかわいらしくて……取り乱しました。ええと、報告書の件ですね？　お取り次ぎ致します」

キレイな人は慌てて金髪を翻《ひるがえ》すと、２階へ駆け上り……何やら上でどたんばたんと音がする。

ジョージって男性名のような……。訝《いぶか》しげなオレの様子に、執事さんが説明してくれる。

「……ああ、あの人は、サブギルドマスターのジョージさんです。女性ではないですが……男性でもないようですね」

「そうなの？」

体はしっかりと硬いものだったから、ひとまず外側は男性のようだ。あんなにキレイに整えているなんて、すごいものだなぁ……。

「仕事はとてもよくできるのですがねぇ……アレがどうにもね……」

苦い顔に、先ほどのはしゃぎっぷりを思い出して、オレも思わず頷《うなず》いた。

しばらくして2階へ通されると、いかにも冒険者風の髭面《ひげづら》でいかついおじさんが座っていた。

「よぅ！　グレイ、久しいな。先に帰ったヤツらから、あらかた聞いているぜ。……で、そのちっこいのは？　ウチのサブがそこらをのたうち回って大変だったんだが」

「ギルドマスター、ご無沙汰しております。こちらが今回の報告書です、どうぞ。こちらは……ユータ様、ご挨拶なさいますか？　『普通に』して下さいね」

「……はい。ギルドマスターさんはじめまして！　オレはユータっていいます。カロルス様のところで、おせわになってます」

にこっとしたら、ささっと執事さんの後ろへ回る。ちなみにこれはトトの真似だ。３歳ってことになったからね、以前ほど話し方に気を付けなくても大丈夫！　……たぶん。

「おー賢そうなぼうずだな！　ん……もしかして攫《さら》われたってのは……そうか、そうだな。これは狙われるわ。ぼうず、こえぇ目に遭《あ》ったろ？　こんなとこ来て大丈夫だったのか？」

ぐりぐり撫《な》でられて頭が揺れる……怖い顔だけど、目を細めると案外人懐っこい表情が覗《のぞ》いて、優しい人なのかなと思えた。

「だいじょうぶ！　オレ、来るの楽しみだったの！　あのね、オレもしょうらい、冒険者になるよ！」

「そうか！　そりゃいいな！　ユータだったか……楽しみに待ってるぜ？」

バンバンと床に埋まりそうな勢いで肩を叩《たた》かれ、オレは精いっぱい男らしい笑みを向けた。


つつがなく報告を終えたら、なんとオレの石素材の売却をしてもらえるらしい。てっきりギルドでするものだと思ったけど、執事さんは表通りを歩いて、宝飾店らしき別の店に入った。

「失礼、ロクサレン家の使いの者です。店主に取り次いでいただけますかな？」

店主さんとの交渉は、もちろん執事さんにお任せだ。

しばらくの交渉のあと、もみ手をする店主さんに見送られて店を出ると、さっそく執事さんに飛びついた。石の袋を持っていないところを見るに、売却成功？

「すごい！　買い取ってもらえたの？　執事さんありがとう!!　あのね、ブラシ、買えそう？」

「ブラシ……ですか？　もちろんですとも、金貨6枚と銀貨8枚になりましたからね」

「えっ……？」

金貨……？　石ころが……？

「もっと粘ってもよかったのですが、まあ最初から欲張るのもいけません。このくらいが妥当《だとう》でしょう」

「……でも、オレ持っていったの、拾った石だよ……？　大丈夫……？」

それ、詐欺《さぎ》にならない……？　ちょっと不安になってきたオレに、執事さんは微笑んだ。

「もちろん大丈夫ですよ。メノウと水晶、あとはブルードロップとレッドストーンが少々でした。どれもあまり高価なものではないのですが、宝飾品としてそのまま使える状態ですし、あのバングルを高く買い取ってもらえましたので色がつきましたね」

バングル……ああ、あの輪っかに成形しただけの……。うーん、なんだか申し訳ない気分になるので、石を持っていくのはやめようかな……。

「お金はどうします？　ユータ様は計算もできますので、お渡しして大丈夫かと思いますが」

ぶんぶん！　と首を振って断固拒否だ。幼児がそんな大金、持ち歩きたくないよ！　しかもオレ、お財布持ってない……とりあえず執事さんに預かってもらって、手を繋《つな》いでお店を覗きながら帰ることにした。

通りには色々なお店があって、歩いてるだけでとても楽しい。村にいると、この世界はすごく未発展の国なのかと思ってしまうけど、街へ行くとそうでもないんだ。結構オシャレで、村にはないガラス（？）張りのショーウインドウみたいなのがあるし、機械の代わりを担う魔道具がたくさんあるから生活も便利そうだ。

「ああ、ユータ様、あそこでお財布を買いましょうか？　ないと不便でしょう」

執事さんが指《さ》したのは、外の通りまでオープンに商品を並べた生活道具屋さん、かな？　雑貨よりも布や革の小物が多そうだ。

中へ入ると、開放的な造りの割に、ぷんとこもった獣の匂いがした。奥ではトントンと革製品の調整をしている店員さんが見える。うーん、革製品はどれもカッコイイけど、オレが持つにはどうなんだろうか？　もっと安そうなのがいいな。尋《たず》ねてみると、子どもの財布は軽い布の巾着《きんちゃく》が多いみたいで、迷わずオレもその中から選んだ。

「ユータ様は欲がないですね……もっといいものをお求めになってもいいと思いますが」

「子どもがそんなの持ってても仕方ないよ！　でもね、高価なものはいらないけど便利なものは好き！　食べ物も美味しいのが好き！　だから、そういうのに使うためにとっておくの」

「それはそれは……しっかりしたお考えです。では、さっそくそのお財布に入れておきますね」

店を出たら、執事さんが小さなお財布にぎっしり銀貨を詰めてくれた。子どもが金貨を出すのはよくないって、わざわざ崩してくれたんだ。

「ブラシってどこに売ってるの？　いくらぐらい？」

「生活道具の店ですが……どんなブラシです？　馬や牛用ならまた別ですね」

「うーん……神獣用」

「……それは当然ながら売ってませんね。まさか馬用を使うわけにもいきませんし、あの黒き神獣のことでしょう？　幻獣店《げんじゅう》がハイカリクにあったかどうかですね」

「幻獣店？」

「ええ、幻獣に纏《まつ》わるものを売っている店ですね。……ああ、幻獣は魔物や動物よりも高位とされる生き物で、外見にさほど変わりはありませんが、知性が高く、人と共生できる種です」

うわあ！　そんなところがあるんだ！　ルーのブラシはもちろんだけど、ラピスやティアに使える道具とかあるかな？　ぜひとも行ってみたいなぁ！

「ねえ、明日は幻獣店に行ってもいい？」

「まずはハイカリクにあるかどうか、商業ギルドの方で聞いておきますね」

ああ、どうかハイカリクにお店がありますように！　今回の目的は達成したけど、エリーシャ様が来るまでもう少し日数があるみたいなので、しばらくハイカリクに滞在して遊べるんだよ。ガッターの街をすっ飛ばして来ちゃったけど、これも社会見学の一環だね。もう少ししたらハイカリクの学校に行って、オレもここで暮らせると思うとわくわくしてくる。

バヂィ！

……？　話に夢中になっていたら、至近距離で音がしたような。振り返ると、人相《にんそう》の悪い男が倒れていくところだった。ど、どうしたの!?

バヂィ！

また……！　オレのすぐそばを通り抜けようとした人が、ばたっと倒れてしまう。慌てて駆け寄ろうとしたら、ぐいっと執事さんに引き寄せられた。

「ふふ、優秀な護衛ですね。ユータ様、あれは悪いやつらなので放っておいて下さい。多分これからもあんな風に倒れる人がいますが、悪いやつですので近寄らないようにして下さいね？」

「え？　そ……そう？　執事さんが倒したの？」

「いいえ、私ではありませんよ」

意味深に微笑《ほほえ》む執事さんに首を傾げたオレの肩で、ラピスが執事さんとアイコンタクトをとって頷き合っていた。


「ユータ様、少しあのお店に入ってもよろしいですか？」

宿の近くまで来てから執事さんが入ったのは、こぢんまりとした閉鎖的なお店。なんだろうここ……？　狭くて商品もあまり多くないし、なんだか雑多な感じだ。布の袋があるかと思えばネックレスがあり、水筒やカバンなんかも皆大切そうに並んでいる。ただ、いずれも漂う魔力を感じるのが共通点か……ラベルにはとても読みにくい文字で説明が書いてあった。

「しゅ・う・の・う・ぶ・く・ろ……収納袋？　あ、そっか、まほうの袋？」

「ええ、ここは魔道具店です。その収納袋は大きなカバン1つ分くらいは入るんですよ」

えっ……？　オレは違う意味で驚いてしまった。大人の両手くらいの大きさの袋だもの、それだけ入ればスゴイとは思う……思うけど、妖精魔法の空間倉庫って果てしなく入るんだよ？　確かチル爺、人の収納魔法は容量が少ないから、魔道具に付与して使うって……オレ、魔道具に付与すれば空間倉庫ぐらいの容量で使えるんだと思ってた……危ないところだったよ……。

なぜなら既に、オレの空間倉庫には枕や布団まで入ってるから……。だって馬車でお昼寝する時に、あったら便利だと思って。

そういえば空間倉庫のこと、みんなに言ってなかったような気がする。……黙ってたらバレた時怒られるから、帰ったら忘れずに言わなきゃ。

魔道具をじっくり眺めていたら、既に買い物を済ませた執事さんが待ってくれていた。

「あ、もうおわり？　なに買ったのー？」

「ふふ、ユータ様のものですよ……まぁ、ユータ様のためにというよりも私たちに必要なんですけどね。これを買うよう、言いつかっておりましたから」

差し出されたのは、シンプルなネックレス。細い鎖の先にぽつんと小さな青い石がついていて、漂う微《かす》かな魔力は魔道具の証《あかし》だろう。

「きれい！　これくれるの？　……ありがとう！」

「いえいえ、お礼はカロルス様に。これは子どもや恋人に渡す、きちんと実益のあるお守りです。ペアで持つと互いの位置を知ることができる魔道具ですよ。ただ、位置を知るには魔法が扱えなくてはいけませんので、私がこちらを身につけさせていただきますね」

そう言った執事さんの左の小指を、青い石の嵌《は》まった指輪が彩《いろど》っていた。

「わあ！　おそろいだね！」

「おそ……おそろい……」

これがあればオレもカロルス様たちも安心だし、過剰な心配もされないね。発信器というと恋人に渡すのは重い気がするけど、この世界は危険がいっぱいだからなぁ……必要だろうね。

「ただいま戻りました！」

「おう、おかえり！　街は楽しかったか？　疲れたろう？　飯《めし》食ったら早く寝るんだぞ？」

「楽しかった！　疲れてないよ？　でも明日も遊びに行くから早く寝るね！」

「……で、どうしたんだ？　そちらの執事さんは、なんでそんなにご機嫌《きげん》なんだ？」

「……なんのことでしょう？」

なんのことかと執事さんを振り返ってみたけど、特にいつもと変わらない静かな表情。もしかして執事さんも、久々の街が楽しかったのかもしれない。

首を傾げたオレは、ニヤニヤするカロルス様とそっぽを向く執事さんを残して、自分の部屋に戻ったのだった。

翌朝、はやる気持ちを抑えつつ、カロルス様の部屋に向かってまふまふと毛足の長い絨毯《じゅうたん》を歩いていく。貴族用のお宿は、冒険者の宿と造りが全然違うんだ。なんていうか、たくさんの部屋を丸ごと借りる感じ。えらい人の部屋、家族の部屋、使用人の部屋、みたいになってるの。だからオレも一人部屋を割り当てられて、なんだかくすぐったい。メイドさんがご一緒に！って言ってくれたけど、オレは自分のお世話は自分でできるからお断りしたんだ。むしろカロルス様のところへ行ってあげて？

「あ、ユータ、おはよう。よく眠れた？」
「セデス兄さん……おは……よう……」

途中で会ったセデス兄さんを、思わず3度見する。……ああ……メイドさんはカロルス様だけじゃなくて、セデス兄さんのところにも必要だったみたいだよ。

「セデス兄さん……ちょっとお部屋行こう？」
「ん？　なんだい？」

まだぼんやりした様子のセデス兄さんを部屋に押し込んで、洗面所へ連れていく。金茶の美しい髪が……すごいことになっている……いやむしろ、なんで気付かないのか知りたいよ。もしやイケメンは鏡を見なくても大丈夫っていうことなのか……⁉

「僕の髪？　ありゃ……ホントだ。あはは、なにこれ〜？」

セデス兄さんが笑っている間に、せっせと柔らかな髪を濡《ぬ》らしてドライヤー魔法で乾かして、よし、セット完了！

「……何気なく使ってるけどさー、その魔法、なに……？　いや、もう今さらか……」

ありがと、と部屋から出ようとする彼の服を引っ張って、再び引き止める。

「……セデス兄さん、そのズボンはちょっと」

「え？　……ありゃ？　なんで僕、寝間着《ねまき》なの？　あはは、おかしい〜！」

けらけらと笑うセデス兄さんに脱力……なんだろう……しっかりしてそうなのに抜けている……そんなところでカロルス様の血を受け継がなくてもいいのに。

とりあえず髪とズボンを整えたら、オレはどうぞ運んで！　とバンザイの姿勢をとる。頑張ったんだから、セデス兄さんは罰として、オレをカロルス様のところまで運んで下さい！

「ふふ、ユータは甘えん坊だね」

……そう⁉　そうかな⁉　甘えん坊……それ……オレかな⁉

すごく納得できない評価にむくれると、セデス兄さんは膨《ふく》らんだ頬をつついてまた笑った。

「ええ、ユータ様、よかったですね、ありましたよ！　少し裏通りの方になりますが、正規のお店です」

「ホント!?　やったー!!　行こうよ！　ねえ、早く早く！」

幻獣店があったって！　オレとラピスとティアは大喜びで跳《は》ね回って急《せ》かす。早く行こう！　今すぐ行こう！　もうみんな置いていっちゃおうかな！

「待て待て！　まだ朝飯《あさめし》も食ってないだろう、とりあえず食ってからだ」

「……カロルス様？　あなたは行きませんよ？」

「なっ!?　なんでだ！　仕事は昨日終わったろ？　もう……いいだろう!?」

「いえいえ、昨日は昨日の分、今日は今日の分のお仕事がありますから」

頭を抱えて、うおおーなんて言ってるカロルス様は置いといて、セデス兄さんを引っ張る。

「じゃあ、今日はセデス兄さんとお出かけ？　執事さん？」

「ふふ、私は昨日ご一緒しましたからね、セデス様もどうぞ羽根を伸ばしてきて下さい」

「いいの？　じゃあお守《も》りは任せるよ！　ユータ、今日は僕とお出かけだ！」

やった！　と喜ぶオレとセデス兄さんでハイタッチ！

「……お守り？　ユータのお守りすんのはセデスなんだろ？」

察しの悪いカロルス様に、執事さんのぬるい視線が突き刺さっていた。

セデス兄さんとおててを繋ぎ、表通りを逸れて少し狭い道に入ると、昨日の華やかな雰囲気とはまた違った趣《おもむき》のある街並みだ。建物がすごく大きい気がするけど、きっと村の小さな家を見慣れているせいかな？　それともオレがちっちゃくなったからかな？　裏通りの商店街は、表通りよりだいぶ庶民的な雰囲気で、見かける冒険者も多い気がする。表通りは観光客用、裏通りは地元民御用達《ごようたし》って感じだ。治安が悪いかと心配したけど、むしろ庶民しかいないから、スリなんかは表通りの方が多いらしい。

「えっと、キャシーのお店の向かいだから……ここだね！　数年前にはなかったから比較的新しいお店だね、僕も見たことないや」

緑色の大きな両開きの扉がついたそのお店は、真新しい、というほどでもなかったけれど、確かに周囲の店よりは新しいだろうか。お店の前にちょっとした屋根があって、その下に大きな生き物がいた。茶色い馬っぽいけど……ツノが2本生《は》えている。

「うわぁー、これ……」

これはなんて生き物、って聞こうとして思いとどまった……ルーみたいな人もいるんだし、こんな街中にいるんだから、もしかしてこの馬っぽい生き物も人だったり……？

「……えっと、はじめまして、こんにちは？　オレ、ユータです。あの、お名前は？」

……ぶるる！

2本ツノの馬は、馬らしく首を揺すって鼻を鳴らした。……うん、これはたぶん馬だね。

「……ぶはっ‼　ゆ、ユータ、なんでバイコーンとお話ししてるの？」

……どうやら2本ツノの馬はバイコーンというらしい。そんなに笑わなくてもいいじゃないか！　むくれたオレは、笑いの発作が治まらないセデス兄さんを置いて、店の扉を開けた。

軽い音をさせて大きな扉が開くと、ふわっといろんな香りが漂った。生き物の匂い、皮の匂い、草の匂い……そして色々な魔力の匂い。店内はそこそこ広くて、雑多なものが多い割にきれいに整頓《せいとん》されている。

「おや？　小さいお客さん、何かお探しで？」

突然声をかけられ、飛び上がってきょろきょろすると、棚の奥から顔を覗かせた、若い女性がイタズラっぽい顔をしていた。

「あ……こんにちは！　あのね、ブラシをさがしにきたの」

「おや、本当にお客さんなのかい！　パパやママはどこ行ったの？　一緒に来たんだろう？」

「セデス兄さんがそこにいるよ！」

「ああ、兄ちゃんと来たんだね、よっしゃ、こっちおいで！　どんな子に使うブラシだい？

見たとこ貴族のぼっちゃんだろ？　フェアリールーかい？　アンゴラキャットかい？　キミが飼ってるならモルマウスかな？」

言いながら次々と棚からブラシを出してくれた。すごい、色々あるなぁ！

「ちょっとユータ、先に入らないでよ……ああ可笑《おか》しいったら」

セデス兄さんがまだクスクスしながら店に入ってきた。

「ねえ、ブラシがいっぱいあるんだ！　どれがいいかな？」

「うーん、僕は見たことないしねぇ。ただ、大きいんだろう？　大きいブラシの方がいいんじゃないかい？」

「へぇ！　大きい幻獣なんだ？　なんていう子？」

「ナイショ！　おそとにいた馬より大きくて、長めの毛でさらふわでとってもきれいなの！」

「なんだいそりゃ？　大きくて毛が長くてきれい……じゃあ、これなんかどう？　グレートシープ用の高級ブラシだから、値が張るけどさ。毛を売り物にする幻獣用だから、ブラシとしては最高だ！」

そう言って出してくれた大きなブラシ。おお、大きさはよさそうだ。受け取って真剣に検討を始める……握り心地……ヨシ！　そっと肌に当てて硬さと弾力のチェック……ヨシ！　重さ……ヨシ！　感じる魔力……ヨシ！

「……なんだい、急に職人みたいになっちゃって」

「あ、はは……気にしないで下さい。ちょっと変わってるんですよ……」

うむ、これ……本当にいいブラシだ！　これがいいな!!　きっとルーも気に入るよ。

「セデス兄さん、オレこれがいい！　お姉さん、これおいくらですか？」

「おっ？　お目が高いね！　兄さん、ちょいといい値だけど男を見せてやりな！　こいつは金貨1枚と銀貨3枚だ」

「うわ、本当にいい値がするよ……ユータ、どうする？」

「これがいい！」

「まぁ、ユータがそう言うなら構わないけど……」

高級ブラシなんだから、それぐらいしてもおかしくないよ。頑丈《がんじょう》そうだし、きっと長く使えると思う！　オレのお財布には銀貨しか入ってないけど、執事さんからセデス兄さんにお金を預けてもらってるので大丈夫だ。これはどうしてもオレのお金で買いたいと伝えてある。

「気に入ったんならそうしようか、じゃあ、もう他はいいのかい？」

「ありがとう！　他も見ていていい？」

「毎度ありぃ！　ぼっちゃんは他に何が欲しいのかな？」

「えーと、次はとても小さい子用のが何かないかなと思って！」

「ピ！」「きゅっ！」

自分たち用だと分かったようで、２匹がオレの両肩でポンポンと跳ねた。

「おわっ⁉　ビックリした……大人しいペットだねぇ～！　気付かなかった……あれ？」

まじまじとラピスを見つめる店員さん。ぐっとかがみ込むと、ベージュ色のポニーテールがさらりと前へ回った。日に焼けた肌が健康的で、結構派手な露出も気にならない。

実はラピスはうっすら「目立たなくなる魔法」をかけているらしいから、普段あんまり気にされないんだよ。

――いちいち姿を変えるのは面倒くさいの！　どうせ天狐《てんこ》なんてみんな知らないの！

……ってラピスが言うもんだから……。ティアには魔法がかかってないんだけど、ラピス曰《いわ》く、元々存在を隠す能力みたいなのがあるんだって。だからフェリティアの時も見つかりにくいんだそう。ティアはそもそも大人しいから目立たないけどね……。

「……な、なあ、これって管狐《くだぎつね》？　え？　うそだろ……？　初めて見た……白いのもいるんだ……すごい……」

「あー、店員さん、あんまり言いふらさないでね？　この管狐はたまたまユータが気に入って一緒にいるだけだから、使い魔じゃないんだよ」

「使い魔？」

「うん、使い魔っていうのは……従魔術とか首輪で支配した魔物や幻獣のことだよ」

「えっ？　従魔術ってそんな魔法なの⁉」

「……ぼっちゃん、従魔術士になりたかったのかい？　そうか……子どもの頃はねえ、かわいい生き物と仲よく旅ができるって憧《あこが》れたりするもんさ。一応、絵本にあるような従魔術もあるんだよ？　双方の同意でもって契約を結ぶってヤツ。でも、護衛になるぐらい強い従魔を……ってなったら、それでは無理なんだ……」

ちょっと悲しそうな顔をした店員さんの胸ポケットから、ひょいと小さな頭が覗いて、じっと店員さんの顔を見つめた。

「大丈夫だって！　心配屋さん！」

店員さんが鼻先をつんっとすると、小さな生き物はぱちぱちと瞬《まばた》きして引っ込んだ。

「わあ……今の、なに⁉」

「かわいいだろう？　この子は、森跳鼠《フォリフォリ》だ！　小型の種類だから、大人でもこんなに小さいんだ。動物と幻獣の間ぐらいの生き物だな。私が相互契約できるのは、この子ぐらいまでだよ。さすがにフォリフォリ1匹連れて旅はできないだろう？」

「へえ、お姉さん、従魔術士だったんだ。相互契約できる術士なんて、そういないでしょ？　結構な使い手なんじゃないの？」

「お、兄さんは知ってるんだな。まあ……強制契約ならある程度は、ね。でもねぇ、それじゃ嫌だったのさ。それでこんなしがない商売やってるってワケだ」

ははは、と自嘲《じちょう》気味に笑うお姉さん。強制契約……それって、どういうものなんだろう……よくないものっていう気はするけれど。

「ああ、関係ない話で悪かったね！　ぼっちゃんはその管狐と小鳥用の道具が欲しいんだね？　管狐に気に入られるなんてすごいもんだ！　将来、その子レベルと契約できるようになったら、最強の従魔術士になれるんじゃないかい!?　はは、その時はどうぞご贔屓《ひいき》に！」

楽しそうに話しながら、ポニーテールを揺らして次々と商品を並べてくれる。管狐……天狐ってやっぱりすごいんだな……こんな小さいのにね。

「きゅきゅ！（――ラピスは強いの！　ユータを守ってあげる！）」

「あっ！　鳴いた！　今、管狐鳴いた!?　うおー声聞いたぞ！　やっほう!!」

ラピスの声に、店員さんが商品を放り投げて前に来たもんだから、ラピスがビックリして警戒気味だ。この人は本当に幻獣とか好きなんだな……でも、商品は投げちゃダメだよ。キャッチした商品を見ると、なんともかわいいサイズのブラシだ。

「あ、それ、ウチの子にも使ってるヤツだよ、こいつも気に入ってるみたいだしオススメ！」

ラピスから視線を外さないまま、そう言う店員さん。ラピスはオレの髪の中に潜ってしまい、しっぽだけが覗いている。

(ねえラピス、この人悪い人じゃないと思うよ？　ちょっとだけ手のひらに乗ってあげたら？)

(……ちょっとだけ？　それくらいなら……まあいいの)

オレが差し出した手に、ぽんと飛び乗ったラピスを、店員さんの方へ差し出す。

「ふわわわ……」

目をきらきらさせて寄り目になる店員さん。その割と大きな手をとってラピスを乗せてあげると、顔を真っ赤にして身を捩《よじ》っている……手のひらだけ安定しているのがなんとも不気味。

「きゅ？」

もういい？　と首を傾げたラピスに、店員さんが鼻血を吹きそう……ちょっと刺激が強すぎたようだ。

ぽん、と飛び降りてオレのところに戻ったラピスが、ふうと一息吐いて顔をこすりつけた。

「ああ……私の手に、管狐の温《ぬく》もりが……重みが……！」

「……変わった店員さんだね。ユータ、買うのはもうそれでいいの？」

セデス兄さんに変わってるって言われたくないと思うけどねぇ。とりあえず買うものはこれでいいかな？　このお店はまた今度ゆっくり見たいな……店員さんが落ち着いている時に。

「あっ!?　待て、ルル！　ちょっと待って！　ダメ！　管狐の温もりが……重みがっ！」

「クイクイ！　クイクイ‼」

　ポケットから飛び出したフォリフォリが、店員さんの手のひらにスリスリしている……ふふ、ヤキモチ妬《や》いたんだね？　かわいいな。切ない顔をして手のひらを眺める店員さんには気の毒だけど、フォリフォリをかわいがってあげて！

「……毎度ありぃ。また、また来てくれな？　私は店長のシーリアって言うんだ。幻獣のことなら結構詳《くわ》しいから色々聞いてくれ！」

　購入品以外のオマケをぽいぽいと景気よく袋に入れて、名残惜《なごりお》しそうなシーリアさん。

「うん！　オレ、もうちょっとしたらこの街の学校に行くの！　だから、また来るね！」

「おう！　そりゃあいい！　なんかあったらシーリア姉さんを頼りな！」

　にかっと笑った顔はお日様のようだ。ばいばい、と手を振ると、シーリアさんとポケットのルルも小さな手を振ってくれた。シーリアさん、ちょっと変わってるけどいい人だな。

「僕も幻獣と契約できたらいいなぁ、猿人系だとさ、色々と手伝ってくれそうじゃない？　あ、猿人系ってお猿さんみたいな類《たぐ》いだよ。あれ取ってーとか、これ持っていってーとか、簡単なことならできるんだ」

「…………っ‼」

つい、メイド服を着たチンパンジーがセデス兄さんの髪を整えているのを想像して、必死に笑いを堪《こら》えた。

「……なんだろう、すごく馬鹿にされている気がする」

憮然《ぶぜん》としたセデス兄さんは、むにっ！　とオレの両頬をつまんだ。

幻獣店を出てから少し歩き、表通りで昼食をとっていると、セデス兄さんから提案があった。

「ねえ、僕ちょっと露店の方を見たいんだけど、行ってもいいかな？」

「うん！　オレも行きたい！」

以前カロルス様と行った時はお金を持ってなかったし、さらっと見て回っただけだったから、ぜひとも見に行きたい！

しっかりと休憩をとって、お腹を落ち着けたら、露店に向けて出発だ。

セデス兄さんと手を繋いで表通りを歩いていると、チラチラとこちらを見る視線が気になってくる……セデス兄さん、イケメンだもんね……少しばかり恨《うら》めし……羨《うらや》ましくなってくるよ。

でも、オレだってまだまだ成長するからね、きっと背が高くて逞《たくま》しくて、セデス兄さんだってひょいっと持ち上げられるようなナイスガイになるんだ。

「ユータといるといろんな人に見られちゃうね。ふふん、みんな羨ましいだろう！」

セデス兄さんが、ひょいとオレを抱え上げる。足とお尻ばっかりだったオレの視界が急に開けて、街の様子がよく見えるようになった。それにしても……無自覚だなぁ……イケメンだと自覚すると、奇妙な行動も減るんだろうか？　それはそれで少し悔し……寂しい気もする。きっと彼はこのままが一番いいのだと1人納得して、意外なほど厚い胸板に頭を預けて見上げた。

「露店までまだちょっと遠いよ？　重くない？」

「ふふっ！　鍛えてるからね……ユータは羽根のように軽いよ」

そう？　大きくなってきてるから、そこそこ体重あるんだけどな。華奢《きゃしゃ》に見えるけれど、片腕でオレを支えて揺るがない、確かに硬い腕。オレ、ロクサレン家にいると、いつまでたっても大きくなった実感が持てないかもしれない……。

セデス兄さんに抱っこされたまま露店が並ぶ一画に来ると、急に人の密度が上がって熱気が伝わってきた。ここはいつでもお祭りみたいな雰囲気があって楽しいし、なんだかそわそわした気分になる。お店の人が客寄せで声を張り上げ、それに負けじと客同士が会話のボリュームを上げて、みんながすごい音量でしゃべるものだから、もう何が何やらだ。

「ここは楽しいけど、ユータには危ない場所だから。いいかい？　僕から離れないでね？」

抱っこで連れ歩こうとするのを無理を言って下ろしてもらい、耳元で忠告してくれるセデス兄さんに頷いた。喧噪《けんそう》に負けないよう、オレたちも自然と怒鳴り合うような大声で会話しながら露店の間を歩く。

「ねえ！　セデス兄さんは何か欲しいものがあるのー？」

「これといって何か欲しいわけじゃないよ！　ここを歩くのが好きなんだ！　面白いものがあったりするからね！」

「面白いものってー？」

「大昔の研究資料がメモ用紙になってたりね！　有名な魔法使いの日記帳が古本で売られてたりね！　呪われた道具とかもよくあるから、むやみに触っちゃダメだからね！」

「ええ……呪われちゃう品物が売ってるの!?　それってダメなことじゃないの？」

「うーん、知らずに売ってる時もあるし、呪われてるってちゃんと書いて売ってるものもあるよ！　解呪《かいじゅ》の費用がかかっても、品物の価値を考えたらお得だって場合もあるからね！」

「じゃあ、どうして解呪して売らないの？」

「解呪できる術者が少ないからだよ！　特殊な魔法でね、回復術士や聖職者なんかでたまに使える人がいるぐらいなんだ！　だから解呪の薬品もすごく高価なんだよ！」

へえ〜、そうなんだ！　解呪の魔法が使えるようになったら、食うのに困らなさそうだなぁ。

……あれ？　オレ、解呪できるんじゃないの？　ルーのアレも、確か呪いみたいなものじゃなかった？　試してみたいけど、きっと呪いの品なんて近寄るのも危ないよね。

「呪われた道具とかね、面白いものもあるんだよ！　下手くそな呪術士がかけた中途半端な呪いの品とか、探すの楽しいよ！　身につけると笑っちゃうブローチとか、体が重くなる指輪とか、しゃっくりが出るネックレスとか！」

……大丈夫そうだ。なにそのいたずらグッズ……呪いって……？　そういうのなら解呪を試す用に買っても大丈夫そうだ……ただ、解呪しても役に立ちそうにないけど。

「ほら、あそこ見てごらん！　あのお店は呪いのグッズを売っているね！」

セデス兄さんが示すのは、いかにもな黒っぽい天蓋《てんがい》を広げて、『呪い付き専門』と書かれた立て札のあるお店。そんなの誰が買うのと思ったけど、意外なほど賑《にぎ》わっている。

「行ってみようか！　ちゃんと呪い付きって宣言している店は大丈夫だよ。触ったら危ないものは触れないようにしてあるから」

ドキドキしながらついていくと、外観は雰囲気を出していたが、並ぶ商品は別におどろおどろしい感じはしないし、みんな普通に手にとって眺めている。冒険者風の男たちが群がっている一画は、武器と防具が多く並んでいて、それぞれに武器の名前と説明書きがついていた。

『呪・オーガの鎧《よろい》：装備していると体が重くなる呪いがかかっている。……スピードが出なくなるが、力が強くなる。重労働に』

『呪・ワタポポの靴：装備すると踏ん張りが利かず攻撃が弱くなる呪いがかかっている。……

弱い浮遊魔法がかかった状態、身が軽くなるため山岳地帯によい』

ほほう！　呪いを解析して、逆にいい効果を見つけてるってことか……なるほど、これなら使い方によっては便利なものになるね！　呪いって一口に言っても色々あるんだ……それって呪いかな⁉　っていうのもあるけども。どっちかというと、魔法の付与を失敗しちゃったやつじゃないの？

「面白いよね～見てよ、これ！　『料理が凍《こお》る皿』だって！　こっちは『刺さらないフォーク』に『滑る靴』だよ！」

セデス兄さんは変なものばっかり見つけて楽しそうにしている。ん……ちょっと待って？

「セデス兄さん！　それ！　それ必要！」

棚に戻そうとするところを押しとどめて確保成功！　これはきっといいものだよ。

「えー、これ何に使うの？」

首を傾げるセデス兄さんにはあとで説明するとして、オレが解呪に挑戦できるような品物も欲しいな。せっかくだから解呪したら価値があるものがいいんだけど……。

「ねえ、このお店で、解呪したら価値があるものってどんなものなの？」

「ああ、そういう本気の呪いがかかったやつは大体奥の方にあるよ、危ないし価値があるから店主の近くに置いてあるんだ。ほら、あのあたりだね」

木箱を机と椅子代わりにして座っている店主の近くには、触れられないように鉄格子《てつごうし》になっている大きな棚がある。中にはまさにイメージ通りの呪いの品々が置いてあった。

ネックレス、ブレスレット、何かの瓶《びん》……どれも薄暗い雰囲気がして、ここだけは嫌な気配が漂っている。さすがにこれを欲しいと言ってもお許しはもらえなさそうだ。

「ユータ、あんまりそっちに行かないでね！　露店は広いんだから他も見に行こうよ！」

うーん残念、今回は呪いの品は諦《あきら》めるか……そうだ、学校に行くようになれば、ここも自由に来られるんだよね……じゃあ、お金さえあれば……ね？

なんだ、もう少し待てば、いろんなことが自由に試せるじゃないかと思い至ったので、オレはいい返事をしてセデス兄さんに駆け寄った。

会計をする横では、呪いの品の検品？　をしているようだ。店員さんが変な手袋を嵌めた手で頑丈そうな箱から品物を取り出しては、小さな玉をかざしてみたり、ピンセットで何かを近づけたりと、理科の実験のようで見ていて面白い。触っても大丈夫なものはカウンターに置いた箱に、ダメなものは頑丈な箱に、と分けているようだ。

目の前の箱に次々入れられる、よく分からない小物たち……これもいずれ店頭に並ぶんだろうな。どれも禍々《まがまが》しい感じはしないので、イタズラグッズの類《たぐ》いだな。

「……ん？」

今、店員さんが置いたもの……これ、大丈夫？　ちょっと禍々しいよ？　緑の宝石がついたきれいなブレスレット……これは鉄格子に入れた方がいいやつじゃないかな？　心配になって注視していると、カタカタ……と音がする……！　えっ……ブレスレット、動いてる!?

まさか、と思った次の瞬間、まるで磁石に引き寄せられるように、ぎゅん！　と一直線に店員さんに向かった！

「危ない！」

思わず手を伸ばしてキャッチしたら、しゅるっと生き物のように腕に絡みついてしまった。

「ピピッ！」

「ユータっ!?　大丈夫!?」

「あ……ああ!?　お客さん、すみません！　ああっどうしたら……なんでこんな凶悪なものが!?　解呪薬を！　早く!!」

店長さんと店員さんが蒼白《そうはく》になって慌てて出すと、ドタバタと奥の倉庫に向かったみたい。

「ユータ、ユータ！　しっかりして!?　ごめんね！　こんなとこ連れてきちゃったから！」

がくがくと揺さぶられて頭が振り子のように揺れる……お願い……ちょっとストップ……!!

「セデ……セデ、ス、兄、さんっ！　ちょっ、やめっ、やめてっ！」

「あ！　ごめん！　ユータ、大丈夫なの!?　どこが辛い!?」

「あー……ふう……セデス兄さんのシェイク以外で辛いところはないよ？　どうして？」

泣きそうな顔をしたセデス兄さんに首を傾げる。

「どうしてって……なんともないの⁉　自ら対象を狙う呪具《じゅぐ》なんて、命に関わるような相当強力な呪術がかかってるよ？　装着した瞬間からなんらかの影響を受けるはずだよ？」

「そうなの？　なんともないよ。……はい」

電池切れかな？　禍々しさのなくなったブレスレットを外して、セデス兄さんに差し出す。

「……えっ……？」

「……え？」

目を丸くされて、思わずビクリとする。……オレ何かした？　まだ何もしてないと思うんだけど？

「……ユータ？　そんな強力な呪具が簡単に外れるわけないんだけど……？　普通に外せるなら何も怖くないよね⁉　なんで外れるの⁉」

「そ……そうなの？　着けといた方がいいかな⁉」

「そういう問題じゃない‼」

慌てて手首に装着し直したところで店長さんが戻ってきたけれど、顔色がよろしくない……。

「お、お客さん……解呪薬が……盗まれていました。恐らく先ほどの呪具も故意に混入されたもののようで……あの店の奴らが……いえ、言いたいのは、解呪する方法が今当店にない、ということでして……」

「じゃあ、これはずせない？　もって帰っていいの？」

「そ、その……申し訳ありません！　呪具をお調べして可能な限りの対策と、取り急ぎ解呪薬を取り寄せますので……！」

「おかねはどうしたらいいの？」

「そんな！　全てお支払い致します!!　急ぎ回復術士の手配も致しますので！　解呪士は……現在この街におりませんで……本当に申し訳ありません！」

「……じゃあ、今のところは無事だし、手配は宿にしてくれる？　宿は……」

疲れた様子のセデス兄さんが、顔色の悪い店長さんとやり取りして、とりあえずブレスレットは持って帰っていいらしい。きれいなブレスレットだしラッキーだね！　ぺこぺこと何度も頭を下げる店長さんが、袋にあれもこれもと商品を詰めてくれる……お詫《わ》びの気持ちみたいだけど……それって呪いの品だよね？　重たい袋を抱えてそそくさと店を出ると、人通りの少ないところまで引っ張っていかれた。

「……で？　どういうこと!?　それ、すっかり解呪されてるでしょ」

「えっ？　そうなの？　でもオレ何もしてないよ……？」

――ティアの守護で、ユータにその程度の呪いは効果ないの。ティアが打ち消してるの。

ラピスがこともなげに言うので、オレは目を丸くしてティアを見つめた。

「そうなの？　ティア、そんなことできるんだ！」

「ピピッ！」

胸を張ったティアに、ありがとうを言ってひとしきり撫でると、ホッとして、セデス兄さんにも教えてあげる。ほら、オレのせいじゃなかったでしょう。

「あ～油断した……その小鳥も普通じゃなかったんだ……。襲いかかる呪いを瞬時に打ち消すって……そんな従魔、聞いたことないよ……」

「オレも知らなかった！　ティアってすごいね！」

「……他人事《ひとごと》みたいに言ってるけどね、従魔でしょ？　ユータがしでかしたのと同じだからね？　今回は解呪できてよかったけど……ユータといると肝《きも》が冷えることばっかりだね……」

「えーそうかな……。ねえ、このもらった呪いのグッズはあとで解呪してもいい？」

「『これ開けてもいい？』みたいなノリで聞かないでくれる……？　いいよもう……解呪しなきゃただの呪いの品だし。でも何があるか確認してからね！」

よーし、これでオレも解呪に挑戦できる！　袋の中には禍々しいものもあるからね……価値はあるんだろうけど、やっぱりお詫びに入れるものじゃないよねぇ。焦《あせ》っていたんだろうね、店長さんたち随分青くなっていたから、早く無事を伝えてあげないとね。こういう時、貴族は便利だ。解呪薬の手持ちがあっても不思議はないので、宿で解呪したことにするんだ。たくさん品物をいただいちゃって申し訳ないけれど、実際に不手際の事故が起きちゃったわけだから、それぐらいもらっといていいよって。本来、貴族の命に関わる事態だから、お店の人の命だって危ない案件だったわけだ……店員さん、オレでよかったね。勝手に手を出して大事になっちゃったけど、助けなかったら店員さんの命が危なかったんだと思えば……よかったよね？

「なんだか疲れちゃったよ……。ほら、あの露店で飲み物でも買って、ちょっと休憩！」

「さっきも休憩したよ……」

そう言いつつも露店の飲み物には興味があったので渋々ついていくと、色とりどりの飲み物がきれいな大瓶に入っていた。目の前でぎゅうーっと圧搾《あっさく》してジュースを絞っている人たちもいる。ビックリするような色もあるけど、全部果汁？　１００％ジュース……でも蛍光グリーンの飲み物なんて怖くて飲めないよ……。

「ユータはどれにする？」

「うーーん、どれが何だかわからない……。こどもに飲みやすいのはどれ？」

「やっぱりこれじゃない？　イベリーの実！　あとはメメローも人気だと思うよ？」

淡い桃色のジュースと蛍光グリーンを勧められて、迷わず桃色のイベリーを選んだ。冒険するのはまた今度にしよう。

人混みを避けて道路脇の花壇に腰を下ろすと、ホッと一息。イベリーの実は爽《さわ》やかな甘酸《あまず》っぱさがあって、イチゴとラズベリーの間みたいな味がした。この果物欲しいな！　お菓子とかにも使えそうだ。セデス兄さんはなんとメメローを選んだので、少し味見させてもらったんだけど、普通の果物の味だ……酸っぱいメロンみたいな感じ。１００％ジュースだからか、すっきりした後口の、甘さ控えめのものが多いみたいだね。

「美味しかったでしょ？　ちょっとこれ返してくるから、ここにいてね？」

コップを返却に行くセデス兄さんを見送って、重い荷物は収納しておいた。

「お待たせ。……さて、次はどこに……あれ？」

駆け戻ってきたセデス兄さんが首を傾げる。

「さっきのお店の荷物、ここに置いてなかった？」

「あったよ、ちゃんと収納してるよ！」

「…………どこに？」

「ここ……あっ！」

「……………」

空間に手を突っ込もうとした姿勢で、冷や汗だらだらのオレ。

あれ……オレ……空間倉庫のこと言ってなかったっけ……？

「……話はゆーっくり聞かせてもらおうかな……？」

じっとりした視線に冷や汗が止まらない……おかしいな……言わなきゃって思ってたのに……。

――惜《お》しかったの！　ユータはちゃんと言おうと思ってたの！

ラピスの励ましが耳に痛い……それ、ちっちゃい子の言い訳みたいじゃないか……。

「全く……やっぱりユータには、座学《ざがく》よりも社会に出て学ぶ方がためになりそうだね。何がどう常識外れなのかまだ分かってなさそうだから」

う……そうですね。どこまでが大丈夫の範囲なのかは今ひとつ分かってないかもしれない。

だって魔法なんて不思議なものがあって、それを日常的に使うなんて初めての経験だし。

ひと通り怒られつつ、誤魔化《ごまか》し方も教えてもらった。

収納魔法ができることがバレないように、万が一使う時は、カバンから取り出した風を装うこと……貴族だったら収納カバンを持っていても珍しくはないので、カバンを狙われることはあってもオレ自身を狙ったりはしないだろうって。収納魔法じゃなくて妖精魔法の空間倉庫な

「あらあら……夕ごはんに起きられるかしら？」

もはや半分夢の中に足を踏み入れてしまって、みんなの声が遠くで聞こえる。ふらふらと大きな体にしがみつくと、思いのほか優しく体が浮かび上がった。

「しょうがないヤツめ」

大きく硬い腕の中で、オレは安心して夢の世界へ旅立った。


「みんな、今日は早いね？　オレ、これからお稽古《けいこ》あるよ？」

『うん！』『おけいこ、みてる！』『いっしょにする！』

珍しく朝からお布団に飛び込んできた妖精トリオに起こされて遊んでいたのだけど、これから剣術と体術のお稽古だからなぁ……一緒にするのは難しいと思うよ？

「みんなは魔法、上手になった？　オレも早く習いたいなぁ」

『たぶん！』『どかーんとするのはとくい！』『ユータはまだならわないの？』

「うん……あ、そうだ……もうすぐオレは学校に行くんだよ。こっちにも帰ってくるけど、街にいることが多くなっちゃうんだ」

『えー！』『えー!!』『やだー！』

一斉に頬を膨らませる妖精たち。

んだけど、どっちでもいいか。ただ、収納袋やカバンの容量は一般的に販売されているもので畳1枚～せいぜい3枚分ぐらいらしくて、容量が大きいものは高価なのでこれまた要注意だ。

まだ色々とお説教は尽きないようだけれど、オレは周囲の露店が気になってしょうがない……うんうんと右から左に流していたら、デコピンをもらってしまった。

「いたぁ！　……あっ、見て見て！　あのお店にいろんなしょくざいがある！　行ってみよう!?」

「……反省してる？　ちっとも堪えないんだから…」

人波の合間に垣間見えた、八百屋さんみたいな露店にセデス兄さんを引っ張っていくと、並ぶお野菜は見たことないもの、見たことありそうなもの、いっぱいあってわくわくする！

「あ！　あった！　麦……これ麦だよね？」

麦を1袋確保して、あとは面白そうな食材はないかな？　調味料もあれば嬉《うれ》しい。

「ユータは変わってるよね……料理人になりたいわけじゃないのに、料理はするんだ……」

「お料理つくるのたのしいよ？　でもおしごとでするのはいや！」

あくまで好きな時に好きなものを作るから楽しいんだ。毎日食事を作っていた時だって、日々の食事を作るのは楽しいと思わないけど、時間がある時に作るおやつとかちょっと凝《こ》ったものとか……そういうものは楽しいんだよね。

露店を歩く間にだいぶ日が傾いたので、ぼちぼちと宿へ向かっていると、あちこちでいい匂いが漂ってきて、ニースたちと食べた串焼きを思い出した。

「あのね、まえに冒険者のひとたちと屋台でくし焼きを食べたんだ！　とってもおいしかったよ。こんどみんなで行けたらいいねえ」

「うーん、お店の人がビックリしないといいけど……」

「みんなふつうの服をきたら大丈夫じゃない？」

そう言ったものの、セデス兄さんをはじめエリーシャ様やカロルス様……うーん……ちょっとキラキラしいかもしれない。カロルス様は冒険者の格好をすればいけるかもしれないけど。

「でもユータも学校に行き出したら、街に馴染《なじ》む格好をした方がいいね。１人で行動するなら、貴族の子って分からない方がいいかもしれない。でもユータは見た目がなぁ……平民であっても狙われるだろうし……それなら貴族って分かる方が抑止力になるのかなぁ」

確かにオレの見た目は珍しいもんね。

「髪の毛の色を変えるものってないの？　茶色の髪だったら目立たないよね？」

「そういう問題じゃないよ。色が全部普通でも目立つよ？　ほら、見てご覧……人目を引いているだろう？」

そう言って、オレを抱き上げたセデス兄さん。

「それはセデス兄さんが目立つからだよ？」

「何言ってるんだよ！　ユータ、天使って言われたの、忘れたの？　目立つに決まってるじゃない」

天使って……ゴブリンの時でしょう？　それは光ってたからだよ……。

「お2人が揃《そろ》うと、大変に人目を引きますよ。見目麗《みめうるわ》しい兄弟ですからね」

え、と振り向いた先にいたのは、夕日をバックに微笑んだ執事さん。そっか、指輪があるから居場所が分かるんだね。迎えに来てくれたのかな？

「……宿に商人が来ておりますよ。なんでも、ユータ様が呪具を身につけてしまったとか？」

「「あっ……」」

「おかしいですな。我ら何も連絡を受けておりませんで……アリス殿がリラックスされていますから、問題ないと伝えて誤魔化しておりますが」

アリスは執務室を気に入っていて、カロルス様にも好意的なので、いざという時の連絡係として、いつもカロルス様たちのそばにいるんだ。アリスを置いといてよかった……血相変えて駆けつけられるところだったよね。

「……で、どういうことですかな？」

にこりとした執事さんから、ぴりぴりしたお怒りの雰囲気が伝わってくる。オレとセデス兄さんは、背中に汗を掻きながら顔を見合わせた。

宿に連行されたオレたちは、すっかり畏縮《いしゅく》している、呪いグッズの商人さんに無事な姿を見せたあと、セデス兄さんを含めてたっぷりお叱りを受けた。でも何事もなかったんだもの……今回のは事故みたいなもんだし不可抗力《ふかこうりょく》でしょう？

「お前、分かってるか？　やらかしたこともまずいが、報告が遅いのが問題だっつってんだ。お前はいつも！　報告が遅すぎんだよ！」

……そうでもなかったみたい。そっか、報連相《ホウレンソウ》は基本だもんね……そっちかぁ。

「えーと、言っておくことがもう1点。ほら、ユータ」

きょとんとするオレ。なに？　何を言えばいいの？

「……キミは全くもう！　『収納』!!」

あっ！　そっか、それも言わなきゃいけないんだった！　セデス兄さんナイスだ！

「そう！　あのね、すぐ言おうと思ってたの！　チル爺に教えてもらって空間倉庫……えっと、収納魔法できるようになったの！　ちがうの、言うつもりだったの！　ほら、すごく便利なんだよ！」

にこにこしながら空間倉庫から今日の戦利品を取り出してみせる。

「……俺は何も見なかった」

「……カロルス様、お気持ちは分かりますが、現実逃避しないで下さい」

机の下に潜ってしまったカロルス様と引っ張り出す執事さん。……２人とも何やってるの。

ダダダダ！　バンッ！

「ユータちゃーん！　会いたかった！　セデスもいい子にしてたかしら？」

そこへすごい勢いで飛び込んできたエリーシャ様が、オレとセデス兄さんをひとまとめにしてぎゅうっと抱きしめた。

「ちょ……母上！　恥ずかしいから！　そういうのはユータだけにしてよ！」

顔を赤くしたセデス兄さんが、細い腕から抜け出して距離を取る。

「ああっ……セデスが大人になってしまう……ユータちゃん！　私寂しいわ……」

「いやいや、とっくに大人だからね……」

エリーシャ様はちっとも聞いてないようで、ひとしきりオレをすりすりして気が済んだのか、抱っこして立ち上がった。

「……あら？　あなた何してるの？　さ、報告をちょうだい。こっちは色々まとめてきたわよ」

さっきまでのデレデレが嘘のようにきびきびして、蹲《うずくま》っていたカロルス様を急かす。

「あーそれがよ、こっちは全然まとまらねえわ。そいつが次々厄介《やっかい》ごとを積み上げてな」

心外な……それにオレ、役に立つもの、持ってきたからね！

「ねえ、エリーシャ様！　オレいいものみつけたの。見てくれる？」

下ろしてもらったら、さっきの戦利品の中から呪いのグッズを取り出した。

「これ……お皿？　軽い呪いがかかったやつよね？」

「そう！　これね、置いた料理が凍るお皿なの！　フライだったら揚げる前に凍らせて、凍ったまま運ぶとはなれた土地でもおいしく食べられるよ！　これがあったらまほうつかいじゃなくても凍らせることができるんでしょう？　あとは断熱できるものがあれば……ぐぅっ！」

「ユータちゃんっ！　すごいわ！　これがあればだいぶコストを抑えられるし、遠くへの輸送もできるわ！　ありがとう！」

エリーシャ様の柔らかい体にぎゅうぎゅう締《し》められて息の根が止まりそう……。

「締めるなっ！　ったく……こいつは厄介ごとを運びやがるが、幸運も運んでくるからなぁ……困ったやつだ」

オレは救出してくれたカロルス様の首にしっかりとしがみついて、ふう、と息を吐いた。結局ここが一番安全な気がするよ。

その後、エリーシャ様にも呪いの話と収納魔法を披露して、やっぱり心配されたけど……エリーシャ様は、頑張ったのね、って優しい顔で褒《ほ》めてもくれたんだ。

2章　草原でのんびりしよう

　翌日はオレのお願いもあって、みんなでお出かけすることになった。貴族はあんまり歩いて移動しないらしいんだけど、馬車ではつまらないもの。エリーシャ様とセデス兄さんにそれぞれ手を繋いでもらって歩いていたら、それはもう目立つ目立つ。美男美女に黒髪の子ども……うわぁ、オレなんだか恥ずかしいな！　背後のカロルス様と執事さんが、なんとなく殺気を放っているような気が……こちらを見た人が慌てて目を逸らしているもの。

「うふふ……楽しいわ……なんていい日かしら」

「うん！　楽しいね～」

「母上、顔が崩れてるよ？」

　キラキラしい人たちなので露店には行けず、商店街の方を歩いてめぐった。カロルス様はどの店にも大して興味なさそうだったけど、エリーシャ様はオレと同じぐらいはしゃいで、あちこちのお店を覗いていた。

「きゃー、これ似合うわ！　どうどう!?　素敵よね！」

「そう？　でもこれ……おんなのこの服に見えるよ？」

服飾屋さんに入ると、自分のものはそっちのけでオレにいろんな服をあてがっては喜んでいる。……でもそれ着ないよ？　買わないでね？　お人形さんの服みたいなのばっかりなんだもの……。

「ま、まぁそれもいいかもしれんが、もうすぐ学校なんだから実用的なやつをいくつか選んでおかなきゃならんだろ。制服もいるし、この機会に仕立てておくか！」

制服があるんだ！　どうやら入学が決まったら、それぞれこの街の服飾屋さんで学校の制服をあつらえてくるらしい。オレ、入学決まってないけど……。

「いや、お前は入学できるだろ！　相手は6歳だぜ？　6歳にできる問題が解けないワケないだろ。魔法適性も身体能力も問題ないしな」

そう言われると確かに。6歳児のテストで落第したら、ちょっと人間やめたくなるかもしれない。そうと決まれば採寸《さいすん》が必要ってことで、お店の人がメジャーみたいなものでささっと簡単に測ってくれた。こんなざっくりでいいの？　ものすごくアバウトな感じだったけど……。

「制服はね、子どもがどんどん大きくなるからそれに合わせてサイズが変わる、特殊な付与魔法で加工をしてあるんだよ。だから高価なんだけど、1着あれば卒業まで買い換えなくて大丈夫なんだ。あらかじめ成長を見越した大きめの大人サイズで作ってから、魔法で縮めてあるんだよ。あんまり太ったりすると、布地が足りなくなって合わなくなったりするんだけどね」

なるほど……便利な魔法だけど上限があって、自由自在ってわけじゃないんだな……太らないようにしないとね。店員さん、オレ大きくなると思うから布地はたっぷり使ってね！　オレのお金も使ってもらおうと思ったけど、断られちゃった……学校で使うものは気にするなって。

制服は後日の受け取りなので再び商店街に繰り出すと、見覚えのあるお店に差し掛かった。

「あ、あそこ！　前にカロルス様と行った本屋さん！」

今回はお金を持ってるから、自分で本が買えるよ！　ただ、何万レルもしたもんなぁ……。ルーのブラシで使っちゃったから……でも食材は安かったし。少なくとも1冊は買えそうだ！

「らっしゃー……お前かよ……。げ、あのガキもいるじゃねえか」

相変わらずぞんざいな口調の親父店長さんだ。オレのことも覚えていたらしい。

「いやー、あん時は助かったぜ！　また頼むわ！」

「うるせぇ！　で、お前ちゃんと読んだんだろうな？」

「うん！　とっても役に立ったしおもしろかったよ！　ありがとう！」

「……まぁ読んだならいい。もう賭けはやらんぞ！」

ごめんね、おじさん！　あの本は今も大切に読んでるからね。

今日もいい本を見つけるぞと意気込んで、慎重に背表紙を眺めていく。物語もいいけど今は実用書が欲しい……従魔術士とか召喚術士の本とかあればいいな。

「あ、ユータ、図鑑があるよ」

奥の方から呼ばれて行ってみると、そこは小さな一画だけど念願の図鑑が色々！

「わあ！　セデス兄さんありがとう！」

う……やっぱりお値段はするなぁ……何冊も買えそうにないし、今欲しいのは薬草とか植物の図鑑かな？　ルーのところで遊んでいる時に周りの植物とか調べたいなって思ったんだ。

「あ！　あった！　……『金（カネ）になる植物』？」

何、そのどストレートなタイトル……。買いづらいよ……。パラパラとめくると、内容はいたって真面目な図鑑だ。多分冒険者用なんだろうな……金にならない植物を知ってもしょうがないってことか。採取方法も丁寧《ていねい》に書いてあるので便利だけど……オレは金にならない植物も知りたいな。

結局悩んだ末に、『金になる植物』1冊を選んでカウンターに持っていく。これ1冊で3万レル……図鑑の中では真ん中レベルだけど、やっぱりお高い……。

「もういいのですかな？」

「うん！　欲しいのはたくさんあるけど……またこんどにするよ！」

「毎度あり。……ん？　お前、金に困ってねぇだろう？　なんでこの人気のねえ本を選んだ」

「どうして人気ないの？　オレはお金じゃなくて、植物のずかんがほしくて」

「そりゃお前、薬草なんてはした金だろ？　図鑑買えるようなヤツが薬草なんかちまちま集めるかってんだ。そもそも冒険者は教養ないのが多くて、本なんか読まねえよ！　うん？　そういや……」

急に奥の階段を上っていったおじさんが、ごそごそしている。

「お前！　植物図鑑がいいっつったな！　ちょっと待て！」

そんなに叫ばなくても聞こえてるよ、なんだか埃《ほこり》がこっちまで舞ってきているよ……。

「ほら！　こいつが姉妹本であったんだよ！　絶対売れないから並べてなかったわ。どうしてもセットで買い取れってうるさくてな。買い叩いたけどな！」

おじさんが持ってきてくれたのは……『金にならない植物』！　うわあ、あったんだ！　しかもまたどストレートなタイトルだね！　確かにそう書かれたら、なおさら売れないよね……。

「へへ、どうだ？　これもつけてやろう……まけて5万レルだ！」

「……買い叩いたんでしょ？　3万2千！」

「うぐぅ！　馬鹿言うな！　じゃ、じゃあ4万2千だ！」

「もともとこれだけ買うつもりだったし……オレまだ小さいから、こんなに大きな本1冊でいいなあ。ほこりかぶってた本だし……」

「この野郎～！　くそ、３万８千だ！」

「えっと、３万５千ならしかたないし買おうかな？　……売れなかったらゼロだよ？」

「……毎度ありぃ」

植物図鑑が２冊も買えてほくほく顔のオレ。本は、執事さんが持っている「本物の」収納袋に入れてもらった。

「お前……容赦《ようしゃ》ないな」

売れなかった本が売れたんだから、本屋さんも損はないはずだよ？　相応のお値段かなって思ったけどな……前の賭けよりはだいぶマシだと思ったんだけど。


商店街を端まで歩いたら、あの建物が見えてくる。そう、学校……見ていると胸が高鳴るよ。

「もうすぐここに来られるんだね！　楽しみ！」

「もうすぐユータちゃんと離れないといけないなんて……ねえ、やっぱりこっちに住まない？」

「ユータは寮《りょう》に入らないの？　寮住みだったらそんなに会えないんじゃないの？」

学校って寮なのか！　そうか、この街以外から来る子も多いもんね。うわー、オレ寮なんて初めてだ……でも６歳児の寮って……幼稚園みたいにならないんだろうか？　厳しい世界だからか、子どもでもしっかりした子が多い印象ではあるけど。

そのままぶらぶらと門の近くの広場まで来たら、ちょうどお昼時でいい香りが漂ってきた。

「おいしそうなにおい！　ねえ、屋台でごはん食べよう！」

「おう、いいな。久々だ」

「うーん食べるのは賛成なんだけど……ここではねぇ。そうだ、お外で食べちゃいましょうか！」

「お外って門の外？　ピクニック？　わーい！」

「あ、ユータ、冒険者はともかく、お外で食べるのって普通じゃないからね、これは『普通じゃないこと』って覚えておくんだよ！」

「どうして？　お天気がいい日にお外で食べたりしないの？」

「それは街の中ですることですな。外は魔物がいますから、用心しながら手早く済ませるのが普通です」

「今日はいいの？」

「あはは、この面子だからねぇ。魔物の方が逃げていくよ」

確かに。深く納得だ……思えばオレ、Aランク相当の人たちに守られてるんだなぁ……なんて贅沢《ぜいたく》な。

「じゃあ屋台で何か買ってきましょうか！」

「エリーシャ様はきれいだからいっちゃだめ！　えーと……オレとカロルス様でいくよ！」

「お前……それどういう意味だよ……」

今のカロルス様の貴族風な見た目も、ちょっとキラキラ度を抑えなくては。不服そうな台詞《せりふ》をスルーしてお願いする。

「ねえ、カロルス様、こう……髪をぐしゃってして！」

「はあ……？　こうか？」

右手で髪を掻き上げるように乱せば、だだ漏《も》れる男の色気フェロモン。……なぜ!?　納得いかない気持ちで見上げていると、ひょいと肩へ乗せてくれる。

のしのし歩くカロルス様の肩は随分高い位置にあって、今まで見えなかった道行く人の頭のてっぺんまで見える。屋台のタープでひなたぼっこする小鳥や虫を見つけては教えてあげた。

「よーし、まずは肉だな！」

……カロルス様に任せたら、肉しか買わなさそうだ。

ずんずん歩いていくカロルス様はやっぱりAランク、オーラが違う……どう見てもカロルス様が一番強そうだもの。ガラの悪そうな冒険者連中が「あぁん!?」と言いたげに振り返っては、すいっと目を逸らせて脇へ避《よ》けていった。

「おーどれも美味《うま》そうだな！　とりあえずそこの串焼きにするか！」

屋台の並ぶ一画のガツンと胃袋を刺激する香りに、お腹が空腹警報発令中だ。

でっかいお肉にぶっとい枝をぶっ刺した串焼きは、店独自のたれを絡めて焼いたもので、前にニースたちと行ったお店とは違うね。とりあえず肉だ！　食え！　って感じの大胆さがいい。

「おぅ、オヤジ5本くれ！」

「はいよ！」

……えっ？　5本とな？

「うん？　間違ったか？　5人分だろ？」

「それ1つで3人分ぐらいあるよ⁉」

「あ、お前あんまり食わねぇもんな。残ったら俺が食うから大丈夫だ」

違うよ！　オレだったら1つで6人分ぐらいあるからね⁉　あーあ、オヤジさん聞こえないふりして焼き始めちゃった……まぁいいか、カロルス様たちよく食べるもんね。

5本分の串焼きを焼く間に他のお店も覗いてみる。なんだかなぁ……ここの人たちは肉さえ食えたらいいみたいで、肉の店がほとんどで、野菜なんてやっと見つけたスープのお店ぐらいだ。とりあえずお野菜たっぷりのスープを確保して……。

「あ、カロルス様、これどうやって持っていくの？」

「全部持つのは面倒だな！　お前、収納に入れろ。できんだろ？」

できるけど……収納のことあんなに怒ったのに……。でも便利なものは使わないとね！　汁ものなんて収納にピッタリだよ、別の空間だから揺れることもないし絶対こぼれないもの。

これだけで十分だと思ったけど、カロルス様はパンに挟んだお肉と小さく切られたお肉も買ってしまった。なんとか全部を人数分買うのだけは阻止できたけど……一体何人でパーティーするつもりなの⁉

あとは、オレのたっての希望でお口直しの果物ジュース！　納得したらしいカロルス様と連れだって戻ると、みんなで門を出た。

「あ、あの貴族様……その、馬車は……？」

「あら、ご心配ありがとう。すぐそこでランチをするだけだから大丈夫よ」

「……………ら、ランチ⁇」

門番さんの頭はハテナマークでいっぱいだ。ごめんね……普通の貴族が外に出るなんて自殺行為だよね、そういえば護衛さん置いてきちゃったし。

外には広大な草原が広がり、右手の方には森が見える。街道を逸れてしばらく歩いたら、やや小高くなった丘の反対側に陣取った。ここなら街道を通る人たちからの視線を遮《さえぎ》ることができるし、日当たりもよくて気持ちいい。さわわわ……と草を揺らした風が、オレの前髪も揺らして通りすぎ、森とは違った乾いた草の匂いを届けた。

「んー気持ちいいわね！　さ、ここでお食事にしましょう」

わーい！　オレはいそいそとテーブルを準備する。下草が乾いていて気持ちいいから、椅子はなくてもいいかな？　低いテーブルにしよう！

「待て待て待て！　ユータ！　野外で食う時にテーブルは出さんでいい！」

「まあまあ！　快適なテーブルが準備されちゃったわね！」

「もういいんじゃない……なんかもう今さらだよ……」

普通はあまりこういう風に魔法を使わないらしい……便利なのにね。テーブルにお皿を出して料理を置いていくと、じっとりした目をしながらセデス兄さんと執事さんが手伝ってくれた。

「わ、熱々だ！　ユータの収納っていいね！」

ホントだ……出来立て熱々のお肉にオレもビックリ。「維持」することを意識した収納だから、熱々もちゃんと維持してくれるのかな。

「あら、ユータちゃんさすがね！　肉しかないと思ったけれど、ちゃんとお野菜があるわ」

やっぱりカロルス様だとそうなるんだな。お肉は大好きだけど……お野菜も食べよう？

「美味しそう！　屋台の食べ物ってすごく美味しそうに見えるんだよね～！　早く食べようよ！」

「よっし、じゃあ食うかー！　ユータしっかり食えよ！」

オレは3歳児なので、そんなに肉ばっかり食べられませんー！　各々《おのおの》の皿に片手で持てないほど重いお肉の塊《かたまり》がでーんと……。もうちょっと、日本の焼き鳥的な、食べやすく小さな一口サイズのものもあっていいと思うんだ。いや、あるかもしれないけど、カロルス様が物足りないんだろうな。両手で持ってあむっとかぶりつくと、じっくりと炙《あぶ》られたたれが香ばしい！お肉らしいしっかりした弾力は、幼児の顎《あご》にはなかなか手強《てごわ》いけれど、オレの胃袋は今これを求めている！　顎を伝う肉汁を拭《ぬぐ》いつつ、獣になった気分でお肉に食らいつく。気付けば顔も手も油でぎとぎとだ。

満足……。ふう、と息を吐いて見やったけれど、手元のお肉はいくらも減ってない気がする。

「おう、ユータもういらねぇか？　ほれ、俺にくれ」

貴族様なのに、食べ残しを食べるのっていいんだろうか……。なんの躊躇《ためら》いもなくオレの食べ残しを頬張《ほおば》るカロルス様……すっかり冒険者の風貌《ふうぼう》になっちゃってるよ。

「あっ僕だって欲しかったのにー！」

「お前にはこれをやろう、これも美味かったぞ！」

「あら、じゃあ私もそれもらおうかしら」

「お前は食い過ぎるとまた……なんでもないです」

一瞬ほとばしった殺気を知らぬふりして、オレはシメのスープに取りかかった。美味しいけれど、残ったお腹の隙間まで満たされて、もう無理ー！　しばらく休憩だ……。

「ごちそうさま！　オレ、ちょっとおなかいっぱいで苦しい……ごろんしてるね！」

「おう！　その辺で寝とけ！　守っててやるから心配すんな」

心配はこれっぽっちもしてないよ。魔物が全然いないのは、やっぱり強い人がいるって分かるのかな？　もしかして管狐部隊が暗躍《あんやく》していないとも限らないけど……。

ぽかぽかしたお日様をしっかり吸い込んだ草原は土まで温かくて、ふかふかの草はしっかりオレの体を受け止める、上等なベッドだ。視界いっぱいに広がる空、耳元で聞こえる草の擦《こす》れ合う音。背中からほんのりと伝わる草と土の温もりに、ついウトウトしてしまう。

あまりの心地よさに微睡《まどろ》んでいたら、レーダーに街道以外での人の反応……森の中だから冒険者だろうね。いち、に……４人かな？　魔物は２匹、戦闘中のようだ。

「ねえラピス、あっちにいる魔物ってなに？　邪魔にならないようにそっと見てこられる？」

――あそこにいるのは、ゴブリンイーターだったの！

「そう……見たことないねぇ。大きそうだね」

――大きいの！　ゴブリンをぱくっとひとのみしちゃうの。

「そっかぁ。ありがとう……」

うつらうつらしていると、ぽふっと胸に着地したラピスが、小さなお口で大きなあくびをした。

——今回は助けなくていい？　ラピスもお昼寝する！

んんー助けるって……？　……えっ……助ける？

思わずがばりと起き上がると、ころりとラピスが転がり落ちた。

「きゅきゅっ？」

「ら、ラピス！　その人たち助けないと危ない感じなの⁉」

——ラピスあんまり分からないけど、たぶん？　ゴブリンイーターの方が強そうに見えたの。

そ、それはまずい！　のんきにごはん食べて寝てる場合じゃないよ！

「か、カロルス様！　森の方で冒険者がおそわれてるみたい！　ゴブリンイーターって知ってる？　それが2匹！　ラピスは冒険者よりゴブリンイーターの方が強そうって……ん？　ゴブリンイーターって人も食べるの？」

「んむっ？　ゴブリンイーターか、まぁ下っ端冒険者にはキツイ相手だな。もちろん人も獣も食うぞ。よくゴブリン食ってるからそう呼ばれるだけだ。よっし、腹ごなしするか！」

「よーし、今回は僕が行くよっ！」

「私だっていいとこ見せたいんだからー！」

もぐもぐと食事を口に詰め込みながら森の方へ駆け出す面々……頼もしいことだ。

「イリス、ウリス、先に行って冒険者を見守ってて！　本当に危ない時は助けてあげて」

「「きゅ！」」

ぽぽんと現れた管狐がシュピッと先行する。

「では、お茶でも入れてお待ちしてますので。ユータ様は行く必要ありませんよ？」

執事さんはここで荷物番？　をしてくれるらしい。確かに行く必要はないけど行くよ！　ゴブリンイーター見たいもん！　だけど、みんな走るの速い速い！　とても追いつけない。気付いたカロルス様がサッと戻ると、オレを引っ掴《つか》んで小脇に抱えてくれた。……でも「カバン忘れるとこだったぜ」のノリで掴んでいくのはやめてほしい……。

オレたちが森に着くのと、森から冒険者がまろび出てくるのが同時ぐらいだった。

「う、うわああ！」

「いやぁ！　たす、助けて！」

森の奥からは、バキバキと戦車でも来るのかと思うような猛烈《もうれつ》な音がする。

「おう、助けてやるから、こいつとあっちに行ってな！」

カロルス様が森の方へ駆け出し、ぽーいとオレを後方へ放り投げて叫ぶ。今回は3回転2回捻《ひね》りがきれいに入ったので、バッチリ10・0をマークした。

「こっち！　こっちにきたら安全だよ！」

ほとんど錯乱《さくらん》状態の冒険者に大きく手を振って飛び跳ねると、必死の形相《ぎょうそう》でよたよたとオレのところまで来た2人は、安堵《あんど》したのか崩れ落ちた。20代くらいの男女だけど……確か4人いたはず。傷はあちこちにあるけれど、命に関わるものではなさそうだ。

「だいじょうぶ？　ほかの人は？」

「くそ……残りやがったんだ！」

「わた、わたしたちを逃がそうとして……お願いよ、まだ2人いるのよ！」

顔をぐしゃぐしゃにして泣く女性に、布きれを渡して背中をぽんぽんしてあげる。

「だいじょうぶだよ！　すごくつよい人たちが行ったからね、絶対助かるから！」

「本当……？　でも、でも怪我《けが》して……」

「お薬も持ってるから怪我も治せるよ。心配しないで」

そう言いながら2人に向かって瓶に入った液体を振りかけると、みるみる癒《い》えた全身の傷に目を丸くする2人。ちなみに瓶の中身はただの水だったりする。執事さんから教えてもらった作戦なんだ、回復魔法を誤魔化すためにいつも瓶を持ち歩けって。こうすると回復薬に見えるから疑われることはないからね！　さすが執事さん！

「ユータちゃーん！　私はこないだ戦ったからダメって言われたのよ！　ヒドイじゃない？」

エリーシャ様が男性2人を小脇に抱えて走ってきた。体格のいい成人男性が、まるで買い物袋のよう。そして扱いが雑《ざつ》だ……引きずられる2人の足元で砂埃が舞っている。

「えっ……!?　貴族様？　えっ？」

2人が自分の目を疑ってる……大丈夫、見えてるものが真実だよ！

オレの前まで来てどさりと2人を置いたエリーシャ様に、困惑した男女の視線が集中する。

「森だとユータちゃんから見えないし、外まで引っ張ってくるわよ。あっち行きましょ」

「ゴブリンイーターって大きいんでしょう？　森の外に出てきたら大騒ぎにならない？」

手早く男性2人を回復しつつ尋ねる。2人はそこそこ深い傷を負っていたけど命に別状はない。気を失ってるのは、エリーシャ様が小脇に抱えてきたからじゃないよね？

「あら、ゴブリンイーターよ？　大したことないと思うんだけど……でも、そうね？　図体は大きいから騒ぎになるかもしれないわね。ちゃちゃっと片付けるように言っとかなきゃ」

その大したことないヤツに食べられそうになっていた男女2人が、ぽかんと口を開けた。

「さ、グレイのところまで戻りましょう。大きいから、離れていても見えるわよ」

気軽に2人の男性を抱えたエリーシャ様がスタスタと歩き始めると、呆然《ぼうぜん》としていた若い2人も慌ててついてきた。

「え、あの、どうなってるの？　あなたたちは、貴族様……よね？」

「あのきれいな女性って一体何者なんだ??　俺だってあんな風に抱えて歩けないぞ……」

「え、えーと。気になるなら本人にきいてみて！」

「な……なんか聞かない方がいい気がするんだよ……」

おや、危機察知能力が高いね！　うんうん、そっとしておく方が無難《ぶなん》だと思うよ。

バキバキィ！　ドドォ……。

ググゥー！

ひときわ大きな音が響いて森の方を振り返ると、大きな黒っぽい……オオサンショウウオみたいなヤツが森の外へ吹っ飛ばされてきたところだった。うわあ……大きいな！　大型トラックほどあるよ！　こんな大きいの、どこで生活してるんだろう……食べ物には困らないのかな。

「きゃあっ‼」

「う、うわあ‼」

若い2人がゴブリンイーターの姿を見て、恐慌《きょうこう》状態に陥《おちい》りそうだ。

「だいじょうぶ！　オレを見て？」

オレだってあんなでっかいのが近くにいたら怖いけど、カロルス様たちがいるなら大丈夫だ。

2人の服を掴んでにっこり笑うと、努めて落ち着いて振る舞ってみせる。

「なに？　何を……？　に、に、逃げないと……！」

ガタガタと震える2人は、逃げようにも膝《ひざ》が笑ってしまっている。ぽんぽん、と優しくあやすように叩いて、少しだけティアの魔力を流す。

「ドラゴンをたおせる人が戦ってるんだよ、しんぱいしないで。ここ、とくとうせきなの！　いっしょに見よっか？」

「ドラゴンを……倒せる、人？」

ズズーーン！

鈍い音と共に、もう1匹が森から転がり出てきた。巨大なゴブリンイーターが2匹もいるとなかなか壮観！　縮尺《しゅくしゃく》が狂いそうだ。

それを追うようにスタスタと森から出てきたカロルス様たちは、特に気負った様子もなく何やら相談中？　オレは内心ドキドキしながらカロルス様たちを見つめる。あんな大きいの、剣でどうやって倒すんだろうか……？

怒った1匹が、何やらぎゅっと体を縮めているのが気になって仕方ない。何かやりそうだよ？　大丈夫？

ググ、ググゥ！

くぐもった低い声が空気を振動させると、魔力が動き始める。ま……魔法？　このオオサンショウウオ、魔法使うの？　しかもそれ土と相性いいやつだよね……水じゃないんだ⁉　いやオレがオオサンショウウオだと思ってるだけで、本人（？）は水と関係ないのかもしれないけど。

ようやくゴブリンイーターに向き直ったカロルス様とセデス兄さんが、剣を構える。魔法って、剣でなんとかできるの⁉　食い入るように見つめる先で、２人が２匹のゴブリンイーターに向かって走り出す。あんな大きな生き物に躊躇いもなく向かっていけるなんて……すごいな。

ゴブリンイーターがその巨大な口をぱかりと開けると、シャーともガーともつかない呼気音《こきおん》が響き、周囲に岩石が浮かんだ……魔法だ！　一気に殺到《さっとう》する岩石群が狙うのは、鎧もなければ盾《たて》も持っていない２人。だ、大丈夫、だよね⁉

ガガガガガッ！

セデス兄さんは岩石を避けつつ、なんと剣で切ったり弾《はじ》いたりしている！　岩って切れるの⁉　目を凝らせばその剣はうっすらと光を帯びて、魔力を纏《まと》っていることを示していた。

カロルス様はというと、いつものアレだ……岩石の剛速球を避けつつ、剣でするっと受け流している……いつも思うけど、あれどうなってるんだ……野球選手になったら打率が９割を超えるんじゃないだろうか。カロルス様の剣も、よく見れば淡く魔力の光が見える。

「……いくよっ！」

岩石群を避け切ったセデス兄さんは、巨大な顎の追撃《ついげき》を直前まで引きつけると、瞬時《しゅんじ》に真上に跳んだ。彼の真下でばくりと閉じられた顎《あご》に、オレの方がゾッとする。

ゴア、ゴアアアア‼

真下に来たゴブリンイーターの頭に、空中で優雅にくるりと回転したセデス兄さんが、降り立つと同時に剣を突き立てた！

バチィ！

微かな音と共に巨大な体が一瞬痙攣《けいれん》すると、ずるずると弛緩《しかん》していく……。

ホッと息を吐く間もなく、もう1匹がふとオレたちの方を向いた。あらら……まずい。

こちらの方が明らかに弱そうだと判断したらしいゴブリンイーターが標的をこちらへ変え、猛然《もうぜん》と迫ってくる！　意外と速い!?　みるみる眼前に迫ろうとする巨体に、若い2人が腰を抜かしてしまった。慌てて2人の前に立って振り返ると、安心させようとにこっとしてみせる。

「大丈夫。なにかあってもオレがまもってあげるね！」

オレも怖い……でも、カロルス様がいるから、大丈夫！　ぐっと胸を張って小さな両手を広げた。

「てめぇ……俺を無視するとはいい度胸《どきょう》だ!!」

ほらね、大丈夫。

迫るゴブリンイーターよりもさらに速く、草原の風のようにオレたちの前に回り込んだカロルス様が、スッと腰を落として構えた。

ググッ！　グググ！

進路を邪魔され、怒り心頭で立ち止まったゴブリンイーターが、象でも飲み込めそうなその口をがばりと開けた……カロルス様ごと、纏めてオレたちも腹に収めようというのだろうか。

オレは、信頼を込めて頼もしい後ろ姿を見つめる。

「ハッ！」

鋭い呼吸と共に、気付けば瞬きよりも速く、その剣は振り抜かれていた。

……ズズン……

ピタリと沈黙したゴブリンイーターの頭が、元々別物であったかのように滑り落ちた……。

……どうなったの？

ミシ……ミシミシ……ザザザー……ドォン！

「……あ」

戦闘態勢を解いた英雄の後ろ姿が、気まずそうに頭を掻いた。その視線の先では、森が……森の一画がきれいに切り取られていた……。

「ちょっと！　父上危ないでしょ！　力入りすぎだよ！」

「いやーまいった。久々で加減が難しいわ。……おぅ!?」

オレはガマンできずにカロルス様に飛びついて、ぐりぐりと顔を擦りつける。

「カロルス様すごいっ！　すごーい!!　セデス兄さんも!!　こんなに……強いんだ!?」

本当に本当にすごいよ……!!　オレ、こんな人たちと一緒にいるんだ……！

「おう、見直したか？　俺は強いぞ？」

ニッと笑ってわしわしするカロルス様は、最高にカッコよく見えた。

「ちょっとユータ、僕も褒めてよ？」

セデス兄さんがひょいとオレを抱え上げて、ほっぺをぷにっとした。

「セデス兄さん！　すっごくカッコよかったよ!!　あれどうしてバチってなったの？　あんな大きいのに一撃だった……!!　セデス兄さんがこんなに強いの知らなかったよ！」

大興奮して間近にある緑の瞳を見つめると、セデス兄さんははにかむように笑った。

「さあ、お茶にしましょう。あなたたちにアレあげるから、解体とか面倒なのは任せたわ！」

エリーシャ様、ゴブリンイーターを冒険者さんに譲るらしい……でも冒険者さんたち……聞こえてるかなぁ……目が点になって、まだこっちの世界には戻ってきていないようだ。

「あ、ありがとうございました!!　まさか、あの英雄カロルス様とは知らず！」

「それはやめてくれ……。おう、まあ気を付けてな。ギルドに報告しといてくれ！」

あれから執事さんがチャキチャキと冒険者さんを追いたてて、素材の回収を済ませると、火力強めに焼き払って魔物を灰にしていたので、彼らは再びあんぐりする羽目《はめ》になっていた。

今は冒険者さんたちのキラッキラした目に居心地《いごこち》悪そうなカロルス様が、とにかく早く追い出そうとしている。彼らは薬代だけでもなんとか支払うから値段を教えてくれと言うけど、あれただの水だし……。素材もエリーシャ様がきっぱり断っていた。

何ひとついらないと言うロクサレン家に、そうはいかないと食い下がる冒険者さん、いいとこ見せようとしただけだし……と呟いたエリーシャ様が、ふいにオレを前に差し出した。

「んーじゃあ、この子が街で困ってたら助けてあげてちょうだい？　もうすぐ学校なのよ」

「それはもちろんです！　むしろ、この子にだってお世話になっちゃったし」

少し恥ずかしそうにこちらを見た彼女が、オレの前にしゃがみ込んで握手した。

「私たちを守ろうとしてくれてありがとう。あなたがいてくれて、とても安心したわ。あの時、こんなちっちゃなあなたが前に出てくれて……動けなかった自分が、とても恥ずかしかった……。頼ってもらえるようにもっと強くなるからね！　私、オリーブって言うの、よろしくね」

きっと名前の由来だろう、オリーブ色のボブを揺らして宣言した女性は、それだけで一回り強くなったように見えた。

「ホント、参っちゃうぜ。今の俺たちじゃあ頼りないよな……もっと、強くなれるように頑張るか！　俺はセージ、こっちの無口なリーダーがウッド、こっちがディルっていうんだ。街でなんかあったら頼ってくれ」

若い男性が少し照れくさそうに紹介してくれる。ウッドさんが片手を上げて、ディルさんは頭を撫でて、よろしく、と言ってくれた。

「本当に、よろしいのか？　助けていただくばかりで……何もお返しできずに申し訳ない」

ウッドさんがこちらへ頭を下げる。立派な人だ……足を怪我して逃げられなくなったディルさんを助けて、年若い2人を逃がすために残った人。この人だけCランク、他の人はDランクの冒険者なんだって。

「はー参った。やっぱり街では生活できねえなあ……」

冒険者さんたちと別れると、カロルス様は大きく息を吐いた。

「カロルス様は英雄って言われるの嫌なの？」

「嫌だろ！　ケツがこそばゆくなるわ……。貴族のふりしてんのもキツイしな」

カロルス様、貴族のふりをしてるつもりだったんだ……具体的にどのあたり……？


途中でとんでもないトラブルがあったけど、オレたちは何事もなかったかのように優雅なティータイムを楽しんだ。ちなみにジュースは目をつむって選ぶと、紫色で酸っぱ苦いグレープフルーツみたいなものだったので、カロルス様の黄色いジュースと交換してもらった。こっちはバナナとミカンの間ぐらいの、結構甘くもったりした味わいで美味しかったよ！

「ねえ、２人は魔法を使えるの？　それとも魔法を使える剣なの？　光っててすごかった！」

「光ってる？　ああ、ユータは妖精も見えるもんな。俺たちは魔法使いみたいに魔力が豊富じゃねえから、魔法は使えんな。ただ剣技を発動させることと、剣を体の一部と認識することはできるぞ。それができたら、体内の魔力が剣にも伝わる……だったか？」

「剣技はね、魔力がなくても発動できるんだよ。魔法みたいでしょ？　僕が使った剣技は雷を纏うものだよ。父上が使ったのは遠くまで剣の波動みたいなのを飛ばすやつでね、剣で遠距離の攻撃ができる人はそうそういないんだよ」

そっか……！　剣で遠距離もばんばん攻撃できたら、魔法使いいらないもんね。カロルス様ってやっぱりすごいな。でも魔力がなくても発動できるっていうのはどういうことだろう？

「魔力が全くない人もいるの？　その人は全然たたかえないの？」

「うーん、全くないって言うと語弊《ごへい》があるかな？　どんな人でも生きている限り体内魔力はあるんだけど、外に出せるほどの魔力量がない人はたくさんいるよ。それでも剣技は発動できるから不思議だよね～」

セデス兄さんが立ち上がると、剣を抜いて何度か振ってみせた。本当だ、相手に到達した瞬間だけ発動する雷の魔法……でも……。

「セデス兄さん、それ妖精魔法みたいになってるよ？」

「えっ？　どういうこと⁉」

「えっとね、セデス兄さんが周りの魔素《まそ》をちょっとだけ集めて、魔法を使ってるよ？」

「えーっそうなの⁉　それすごい発見じゃない？　自分以外の魔素を使っていることは分かってたけど、妖精魔法は知らないからね……妖精魔法を人が使える可能性があるってこと？」

「え……使えるよ？　だってオレ使ってるよ？」

「いや、ユータは別だと思ってたよ！」

ひどい……オレも普通の人間ですけど！　でも、体内魔力が少ないと魔素を集めて動かすのも難しいから、今みたいな一瞬の発動が一番効率的なのかな。

「オレも、あんな風にできるようになりたい！　剣術、もっとがんばる！」

「ほどほどにしとけ……ヤバイことになりそうな気しかしねぇな……」

「うん……教えて大丈夫なのかな……」

「お前は一体何になりたいんだ……召喚士で魔法使いで従魔術士で回復術士で……剣と体術も鍛えたら……なんかこれ、まずくないか…？」

「1人パーティーだね……。なんか僕たち、ヤバイの育成してる気がしてきた……！」

どうして⁉　剣も使える魔法使いっているでしょう？　執事さんだって剣使えるし……召喚とか回復とか、全部魔法なんだから、魔法使いってくくりでまとめたらいいのに……。

食べ終わったら帰るつもりだったけど、のんびりしているうちにお昼寝タイムが始まったらしい。剣のこと、もっと教えてほしかったのに……草のベッドに横になっていびきをかく貴族様……エリーシャ様までテーブルに突っ伏して、気持ちよさそうに寝息を立てている。

「ふあ～、みんな寝ちゃって……でもここ、気持ちいいよね。こんなこと王都ではできないから、たまにはいいよね！　僕もひと眠りしよっかな。みんな魔物が近くまで来たら気付くから、ユータも寝てていいよ？　ただ、近くまで来ないと分からないから、僕たちのそばにいてね？」

そう言って、セデス兄さんもごろんと横になった。

レーダーがなくても、みんな魔物が分かるんだな……それも無意識に使う体内魔法の一種なのかもしれないね。でも、野外で無防備に眠れるのはこのランクの人たちの特権だろうなぁ。

「ユータ様、私は起きておりますから、どうぞご自由になさって下さい」

そっか、執事さんは寝るわけにいかないもんね。でも、さっきの戦闘の余韻《よいん》で興奮しているので、眠気は吹っ飛んでしまった。

そうだ、と思い出したオレは今日買ったばかりの本を取り出すと、大きなカロルス様の上に寝転がって読み始めた。ゆったりとした呼吸と、穏やかな鼓動……。カロルス様の大らかな気配はオレを安心させる。ルーみたいにふかふかしてないのだけが残念だ。

ふと見ると、カロルス様に乗っかるオレを見て執事さんがプルプルしていた。そんなに可笑

しい？　居心地いいし、カロルス様が起きないからいいでしょう？

鼻歌を歌いながらぱらりぱらりと植物図鑑をめくる。薬草って、本当に普通の草だなぁ……草ばっかりの草原で薬草だけを見つけるのって、結構大変なんじゃないの？　もっと赤とか青とか特徴的な色をしてたらいいのにね。

「ふふ、ユータ様、これが一般的な薬草ですよ。一番見つけやすくて数の多い種類ですね」

「わあ！　執事さんみつけたの？　すごーい！」

お片付けの合間に見つけてくれたらしい……執事さんってなんでもできるなぁ！

「いえいえ、そのあたりに生えてますから、ユータ様も探してみますか？　我々から離れてはいけませんよ？」

「はーい！」

勢いよく飛び起きると、オレの下でカロルス様がうぐっと呻《うめ》いたけれど、ちっとも目を覚まさない。本当に魔物が来たら分かるんだろうか……？

「よーし！　薬草を探すぞー！」

「きゅー！」

楽しいな！　冒険者になった気分だ。やってることは地味だけど……執事さんが持ってきてくれた手元の薬草を見ながら、じっくりと周囲の草を観察する。ついでに色んな植物を、ぽいぽい収納に放り込んで、あとで図鑑で調べてみることにする。

「あっ……？　これ、そうじゃない？　みーつけた！　執事さーん！　これっ！　これ薬草？」

「おお、見つけられましたな！　そうです、これで間違いないですよ」

「わあー！　やった！」

依頼達成！　これをたくさん見つけられたら、オレも冒険者として初めの一歩を踏み出せるね！

「ピピッ？」

「なあに？　……これ？　薬草だよ！　これを集めてるの！」

パタパタ……と珍しくオレの肩から飛び立ったティアが、すぐそばでしきりと呼んでいる。

「どうしたの？　……あ、これ、薬草……？　ティア、わかるの？」

「ピッ！」

もちろん！　と言いたげに胸を張ったティア。そっか……元々植物？　だから詳しいのかな？

ティアは張り切って次々薬草の場所を教えてくれるので、どんどん集まってしまった。この狭い範囲でも結構生えているもんなんだな。薬草探知機おそるべし……！

「ティア、も、もういいよ……あんまり採りすぎたらなくなっちゃうよ！」

「ピ？」

そう？　と言いたげに戻ってくると、再び鳥モチーフとなったティア。持ちきれなくなって収納にも入れた薬草の束……オレ……薬草だけでつつましく生活できるかもしれない……。

「えーと……執事さん……あの、薬草けっこういっぱい集まったんだ……これどうしよう？」

「おや、そんなに見つかりましたか？」

「えーと……このぐらいは」

どさーっとテーブルの上に出した薬草は、大きな花束みっつ分ぐらいある。

「……この短時間でどうやって？」

「あの……ティアがね、薬草生えてる場所がわかるみたいで……」

執事さんは、ふーっと大きなため息を吐いて遠くに目をやった。……執事さんってなんだかセクシーだな……きっとモテてたんだろうなぁ……。こういう、大人のクールなカッコよさも素敵かもしれない。

「……ユータ様、普通、こんな短時間で薬草はこんなに採れません」

怖い執事さんが出現しそうな気がして、現実逃避をしていたオレは、思わずビクリとしたのを誤魔化して頷いた。そうだよね、オレもそう思うよ。

「覚えておいて下さい、子どもの冒険者が採ってこられる量は……このくらいです。多くてもこのぐらいですね。丸1日薬草に費やしはしないでしょうから、半日でこのくらいです」

「えっ……こんなに少ないの……」

「そうですとも。森などに比べれば弱くて少ないですが、この平原にも魔物は出ます。魔物を警戒しながら薬草を探すので、1人当たりこのくらいになりますし、そもそも1人では出歩きませんからね」

あー！　そうか、魔物を忘れてたよ……そうすると薬草採りってすごく割に合わない作業じゃない？　数人で少しの薬草集めても……その日の食事代にもならないんじゃないかなぁ。

「分かりますか？　冒険者は厳しい職業です。日々食いつなぐのが精一杯の者が大半ですから、悪いことを考える者もおります。ユータ様がそんなに簡単に薬草を集められるのを知ったら、例えば子ども同士でも何が起こるか分かりませんよ？　これから学校へ行くようになったら、十分気を付けて下さいね？」

「はい……」

「……けれど、ユータ様は実力が遥《はる》か高みにありますから、それを抑え続けるのも、もはや無理な話かもしれません。隠せない時は……思い切り見せてやりなさい。雑魚《ざこ》が……敵《かな》う相手ではないと、知らしめてやりなさい」

執事さん怖い……ぐんと気温の下がるような気配と共に、フッと笑った顔がなんとも酷薄《こくはく》でサマになっている。優しい顔とのギャップがすごいね……。

「で、でも……そっちもできるかなぁ……オレ、どっちも自信ないかも」

「ふふ、ユータ様ですからね。……それでいいですよ、あなたはそのままが一番素晴らしい」

「……そう？　ありがとう」

突然褒められて（？）嬉しかった。そのままでいいって、丸ごと受け入れてくれているようで、とても嬉しい言葉だ。ふわっと自然に浮かんだ笑顔に、執事さんは眩《まぶ》しそうに笑った。

「……ちょっと。どうしてグレイとそんないい雰囲気なの？　私は？　ユータちゃん、私ももうちょっと構ってくれてもいいじゃない……」

「エリーシャ様は寝起きがあまり優れませんので……ユータ様、どうぞ慰《なぐさ》めてあげて下さい」

エリーシャ様……寝起き悪いんだ。テーブルに突っ伏して顎をついたまま、こちらを見つめて目を潤《うる》ませている。なんだかキリリとしている時と全然違って、くすっと笑ってしまう。

「エリーシャ様、テーブルで寝ちゃって大丈夫だった？　お顔に跡がついちゃってるよ？」

きれいな白い肌に残る赤い跡が、なんだか痛々しく見えて、オレの丸っこくて小さな手でなでしながら回復する。

「わ……これ、ユータちゃんの回復？　すごいわ……なんて心地よくてきれいな魔力……」

すっと目を閉じたエリーシャ様こそ、女神様みたいでとても綺麗《きれい》だと思った。こんな綺麗なのに……戦闘したらカッコイイんだもんなぁ。

「あー！　なに2人でいちゃいちゃしてるの！　僕だってユータといちゃいちゃする！」

賑やかな声に目をやると、ヨダレを垂《た》らして寝ていたセデス兄さんが、いつの間にか起き上がっている。オレはエリーシャ様と顔を見合わせてふふっと笑った。やっぱり親子だなぁ……言ってること、おんなじだよ？

「ごめんね！　寂しかった？　私のセデスちゃん！」

「ぎゃー！　ちょっと！　母上！　体術使うのは反則！　反則!!　僕はユータとっ……ユータといちゃいちゃしたいって言ったんだけど!?」

「うふふ！　そんなこと言って～ママを取られて寂しかったんでしょ？　大丈夫、ママはセデスちゃん大好きだから～！」

「うぐっ……締めながらスリスリしないで!?　恥ずかし苦し痛っ！　痛いってー！」

あはは！　この間のカロルス様を思い出す……これもまた、似たもの夫婦ってやつかな？

エリーシャ様はさすがに加減をしているようだけど。セデス兄さん、愛されてるなぁ！

大騒ぎのせいか、オレがお腹に飛び乗ったせいか、カロルス様もうーんと伸びをした。

「んん――っ！　あー、よく寝た！　いいな、こう開放的なとこで寝るってのはよ！」

普通開放的なところって寝にくいんじゃないかと思うけど、ワイルドな人は違うらしい。さすが、完全捕食者はすごいなぁ……。カロルス様がようやっと起きてきたのをきっかけに、楽しいピクニックは終了を告げ、オレたちは街へと歩き出した。

「きゃー！　カロルス様ぁ！」

宿に向かっていると、ギルドから飛び出してきたジョージさんが、低い声でキャーキャー言いながら纏わりついてきた。

「……なんだ？」

ジョージさんを避けようと、カロルス様がジリジリと後退していく……これは……狙った獲物を群れから引き離す、肉食獣の動き……っ!?　完全捕食者を捕食するとは……ジョージさんの目がぎらりと光り、まさに獲物を捕らえんとした瞬間、その体がぶらんと宙に浮いた。

「ジョ・オ・ジ！　……他人の旦那《だんな》はお触り禁止よ！　久しぶりね？」

「きゃ～エリーシャ様ぁ！　今日も麗し……あらっ？　そこにいる王子様はセデス坊っちゃん？　ああっ！　天使ちゃんも!?　きゃーーー！」

ジョージさんは、エリーシャ様に片腕１本でぶら下げられながら、こちらへ寄ろうと手足をシャカシャカさせる。ごめんね……それちょっと気持ち悪いかも。

「他人の息子もだーめ。自分のものだけにしてちょうだい。で、なんの用かしら？」

「おう！　お前らか、アレ倒してくれたってな！　助かったぞぉ！」

2階の窓からギルドマスターが顔を出した。

「そうっ！　巨大な2体のゴブリンイーターを容易《たやす》く討伐……ああ！　見たかった！　素敵！」

「いや……お前だってできるだろうが……」

そうなの!?　ジョージさん、さすがサブギルドマスター！　強いんだね。

「ついでよ、ついで。それよりコレをちゃんと見張っててくれるかしら？」

「おう、悪い悪い！　こっちに投げてくれ」

「えっ？　ちょ、ちょっと待ってー！」

「えいっ！」

かわいいかけ声ひとつ、エリーシャ様が右手にぶら下げたジョージさんを、振りかぶって……投げたぁー!?　野太い悲鳴を上げて宙を舞ったジョージさんは、見事ギルドマスターがキャッチ！　うわ、どっちもすごい……すごいけど……。

「ひどぉーい！」

ジョージさんの非難の声は、窓の中に吸い込まれていった……。

3章　調合と訓練

　ガタン、ゴトン、ガタ、ゴト、ガタゴト……。

　ハイカリクの街……楽しかった。みんなと一緒にお出かけできて、お買い物したりお外でごはん食べたり。冒険者ギルドはわくわくするし、幻獣店だって毎日行きたいぐらいだ。

「ユータ、またすぐ来られるから」

　唇を引き結んで、馬車の窓にぴったりと貼りついたオレを見て、セデス兄さんが苦笑いして頭を撫でた。分かってる……分かってるんだけど……。

「そういえばさ、たくさん集めた薬草ってどうしたの？　ギルドで売ってなかったよね？」

「いやアレは売れんだろう……俺たち総出で薬草集めてたって噂が立つぞ」

　ロクサレン家が総出で草むらを掻き分けている姿を想像して、ちょっと笑ってしまう。……さあさあ寄ってらっしゃい見てらっしゃい！　こちらはドラゴンをも倒せるAランク！　天下のカロルス様が集めた薬草ですよ！　なんてね。

「何ニヤニヤしてるんだ？　ろくでもないこと考えてるだろう？」

　カロルス様にひょいと持ち上げられて、すとんと硬い膝に着地する。慌てて両手でほっぺを潰《つぶ》し、緩んだ顔を誤魔化した。

「お前はべそかいてるかと思えばニヤけて、全くころころ変わるヤツだ」

強めにわしわしされて、頭が左右に揺れる。しょうがないよ、だってまだ3歳だもの！　ご機嫌はころころ変わるんだよ。

「薬草はなんのためにあつめるの？」

「そりゃ回復薬とか薬に使うためだよ。調合士や薬屋が調合してくれるんだよ」

調合士さん！　やっぱり白衣を着た人かな？　ゴリゴリ乳鉢《にゅうばち》をすったり試験管をぶくぶくさせたりするのかな？　それって楽しそうだ。


ガタゴトと揺れる馬車で、硬いカロルス様の膝に座っていたらお尻が痛くなってきたので、収納から枕を取り出してその上に座る。うん、快適！

「お前……何持ってきてんだ」

「まくら！　お昼寝するときにいるかなと思って、お布団もあるよ！　これどうぞ！」

「まあ！　いいわねこれ！　贅沢だわ～！」

「……快適に寝られそうだね」

向かいに座るエリーシャ様たちの座席に、お布団を敷いてあげる。

「で、俺にはないのかよ？」

「カロルス様は頑丈だから！」

仰《あお》のくと、ふて腐れるカロルス様が見えた。ガッシリした首に喉《のど》仏、顎には金色の無精髭《ぶしょうひげ》がちらほらしていた。金色のお髭ってなんかすごいな。なんとなく手を伸ばして顎を触ると、ビックリするぐらい髭は硬かった！　刺さっちゃうと思うぐらいに。

「……ふん、羨ましかろう」

窓に頬杖をついたままオレを見下ろすと、ニヤっと笑うカロルス様。

「オ、オレだって大きくなったらヒゲぐらい生えてくるもん！　カロルス様よりカッコよくてワイルドになるんだから！」

「ほほう！　そうかそうか、俺はカッコよくてワイルドか！　はっはー！」

違う！　とも言えず、無言でほっぺたを引っ張ってやる。

「てめー、カッコひひ顔が台無しになるらろうが！」

頬を引っ張られながらニヤニヤするのが腹が立つ！

「ダメっ！　ダメよユータちゃん！」

「いでっ！」

頬を引っ張ったまま、体をエリーシャ様に掻っ攫われてカロルス様が悲鳴を上げた。

「こんなつるつるすべすべのお肌に……ヒ……ヒゲが生えるなんて言わないでちょうだい！　ユータちゃんはこのままでいいのよ！　これがいいの！　ジョリジョリなんて……そんなっ！」

オレのほっぺにすりすりしながら懇願《こんがん》するエリーシャ様。女性には髭面って人気ないの……？　でもオレこのままはイヤだよ？　ふと、地球にいた頃に髭が生えなくて悩んだことが頭を掠《かす》め、慌てて首を振った。ううん！　カロルス様と同じものを食べて生活しているんだもの！　今回は生えるよ！　絶対だよ！

「ただいま帰りました～！」

長い間馬車に揺られて、なんだか随分久方ぶりの気がする館。

「お帰りなさいませ！　ああ、ご無事で何よりです!!」

「うふふ、街に行ってきただけだよ？　大丈夫だよ！」

ぎゅう！　とオレを抱きしめるマリーさんは、まるで数年ぶりに会ったかのようだ。

「街は楽しかったですか？」

「うん！　あのね、みんなでお買い物したり、ごはん食べたりしてね、お外でピクニックもしたんだよ！　とっても楽しかったよ！」

「「あ……」」

「……そう……ですか……」

「まっ、マリー！　留守番ご苦労！　ユータは好きにしていいから！　じゃあな！」

「マリーさん！　ユータと積もる話もあるでしょ!?　僕はお暇《いとま》するねっ！」

「ほら、ユータちゃんと２人っきりの時間も必要よね！　ゆっくりするといいわ！」

「………えっ？」

なんでみんなそそくさと部屋に帰っちゃったの!?　執事さんどこ行ったの!?

「ユータ様……私、とっても寂しく過ごしておりました……ユータ様は……寂しくないんですね……そう、私はしがないメイドの１人……仕方ないのです……」

ま、マリーさん？　どうしたの？　なんだか……近寄っちゃいけない猛獣の気配が漂ってる。

……え、えーと……オレ、どうしたらいいの!?　ちょっと！　みんな戻ってきてよー!!


うーん……お日様が眩しい……まだ寝かせて……。寝ぼけまなこのオレは、眩しい朝日に唸《うな》って夢うつつで窓を閉めた。昨日はひどい目に遭った……あれから深夜までマリーさんを慰める羽目になったんだから。オレは大変疲れました……おやすみなさい。

コンコン！

「……ユータ？　まだ寝てるの？　おーい、開けるよ？」

んー今何時だろう？　あれから2度寝しちゃったみたい……でもあたりは真っ暗。あれ？

朝じゃないの？　首を傾げると、ガチャリと開いたドアから光が差し込んだ。

「おはよう、ユー……何コレ真っ暗だ！　うわっユータ、窓に何したの!?」

「えっ？　なにもして……」

――ユータが窓閉めたの、開けたらいいの。

え？　と視線をやると、窓があった場所にドカンと嵌め込まれた土壁……オレ？　ごめんなさい……。

「ホントに……寝ぼけて家を破壊したりしないでよ!?」

窓を塞《ふさ》いだ土壁を取り除いたら、お外はちゃんと明るかった。今はもう昼前らしく、オレがあまりに眠そうだったので、朝ごはんも起こさずに寝かせてくれていたみたい。まぁ、眠かったのはみんながオレ1人を置いていったせいだけどね！

今日はオレのお寝坊により訓練がお休みになったので、お昼ごはんを終えたら取り急ぎ行かなくてはいけない。

◆◇◆◇◆

「ルー！　ただいまー！」

　一足飛びにまふっと抱きつけば、しっかりとした厚みのあるふかふか毛並み。以前よりさらに獣臭《けものしゅう》の強くなった大きな体を撫で回した。

「ルー、お風呂入らないと臭くなっちゃうよ？　洗ってあげようか？」

『……風呂は入ってもいいが洗うのはいらねー』

「どうして？　気持ちいいよ？」

『めんどくせぇ。泡は嫌いだ……』

「……ルー、洗うの苦手なんだ？」

　ぴくりとした左耳。

『……別に。めんどくせぇだけだ！』

　嘘ばっかり～なんかそわそわしてるもの。なんでお風呂は好きなのに泡が嫌いなんだろうね？

　よーし、オレがきれいにしてあげる！

「ラピス！　お風呂の石けん持ってきて！」

「きゅっ！」

『まっ、待て！　洗うとは言ってない！』

「もう、いつまでも汚れたままではいられないでしょ！　今日はね、特別なブラシを持ってきたんだから！　きれいにしてからブラッシングしてあげるね！」

『なに……』

あ、揺れてる揺れてる。ぐらつく気持ちと共に、ふさふさしっぽもそわそわと揺れている。

「きゅっ！」

「ラピスありがと！　よーしじゃあ洗っちゃおうか！」

『待てっ！　ちょっと待て！』

オレは水を出してからお湯にしなくても、直接お湯を出すことができるようになったんだよ！　あまり高温になるとちょっと難しいんだけど、お風呂の温度はよく使うから楽勝！　だって館のお風呂はシャワーがないでしょ？　だから……ね？

『いきなり湯をかけるな！　目に入るだろうが！』

さて、じゃあ洗うよ！　熱めのお湯に石けんを溶いて、まんべんなくルーの体にかける。

『あっ！　バカ、やめろ！』

ルーがぎゅうっと目をつむった。

「……もしかして、ルー、目に石けん入るのがイヤなの？」

『………めんどくせぇだけだっつってるだろ！』

そうですか、じゃあしっかり目をつむっててね？　しっかりと目を閉じて棒立ちになったルーはとても洗いやすい。お湯に濡れた毛皮がぺったりして随分とスリムになった姿は、ますますクロヒョウっぽくなった。ふんわりした毛皮がない分、盛り上がる筋肉がよく分かる。随分ガッチリした体をしてるなぁ……ザ・肉食獣！　だね。

背中の方は全然届かないので、よじ登って洗う。ガチガチに体をこわばらせていて、ちょっとかわいそうなので、ふうふう言いながらなるべく手早く済ませていった。

目も口も耳もしっかり閉じてされるがままになっているルーに、ザバーっとお湯をかけて泡を洗い流した。大きいから大変だったよ……体力つけといてよかった！

『……終わったな？　この野郎！』

「ぶわーっ⁉」

泡が完全に流れると、間髪《かんぱつ》入れずにブルブルーッとされた。痛い！　もはや水滴が痛いよ！

「もうっ！　向こうでやってよ！」

『フン、待てというのに勝手に洗うからだ！』

「もう……毎日洗うようにしたら、もう少し慣れるんじゃない？　はい、乾かすよ～！」

水分をあらかた飛ばしてから『ドライヤー』する。これは気持ちいいんだ……目を細めて満足げな表情をしている。

「はい、出来上がり！」

『……俺は食い物じゃねぇ』

まだちょっとふて腐れてるルーのために、取りいだしたるものは！　高級ブラシー！

「さ、約束のブラシだよ！　ブラッシングしよう」

ルーは興味ないですよ、って表情でごろりと無言で横になる。でも、耳としっぽが興味津々だ。

洗い立てのさらふわ毛皮……ああ！　最高の触り心地!!　ブラシを当てて、地肌をマッサージするように滑らせると、漆黒の毛並みがさらに艶《つや》めいて輝いた。

なんて楽しい……これぞＷＩＮ－ＷＩＮの関係だね！　オレはもふもふを堪能《たんのう》できるし、ルーは心地いいし。さらにつやぴか毛皮になれるおまけ付き！　これはやりがいがあるよ。

金の目を細めて満足そうに、ぱたり、ぱたりと揺れていたしっぽが、だんだんと動かなくなって沈黙する。寝ちゃったね……眠っていても時々ぴくぴく動くしっぽが楽しい。全身仕上がったルーは、本当に美しい……オレは大満足だ。神獣の名にふさわしい輝きがそこにあった。

オレは眠ったルーに背中を預けて座ると、両手を差し出した。

「さあ、２人もブラッシングしようか。おいで？」

「きゅう！」「ピピッ！」

ぽふ、と手のひらに乗っかるラピスとティア。そわそわしているのがなんともかわいいな。順番にするとあとになった方が切ない顔をしそうだったので、同時進行でブラッシングする。左手に一緒に乗せて、柔らかく軽く撫でるようにブラッシング。うっとりとするお顔がなんとも愛おしい。小さな体はあっという間に終わってしまうから、丁寧に丁寧に仕上げていく。

「いつも一緒にいてくれて、ありがとうね」

うとうとする2匹を、ルーのふかふか毛皮に乗せてあげると、空中へ目をやった。

「ふふ、忘れてないよ？　おいで！」

「「「「「きゅ……きゅきゅー！」」」」」

ぽんっと現れてオレの胸元に飛び込んできた5匹。忘れられていると思ったのか、目をうるうるさせている。ひとしきり撫でてアリスから順番に並んでもらい、もふもふのしっぽを丁寧に梳《す》いてあげると、とても嬉しそうだ。

「またね！　いつもありがとう！」

管狐たちがぽんっと消えると、今度は森に視線をやった。

「ふふ、いいよ！　おいで？」

そろりそろりと森から出てきたのは、うさぎみたいなの、小さなお猿さんみたいなの……みんな物欲しそうにじーっとオレの手元を見つめている。なんとなく言ってることが伝わってそうなので、低位の幻獣ってやつかな？　幻獣店のルルと同じ、フォリフォリもいるね。

「こっちへどうぞ！　順番ね」

1番にやってきたお猿さんをブラッシング天国に案内して、次はフォリフォリ。次はうさぎ。その次はリスっぽいの。そしてたぬきっぽいの……ってあれ？　増えてない？

気付けばズラリと色々な生き物に包囲されている。こんなに？　さすがに無理があるような……。戸惑うオレを、いつの間にか起きていたルーが呆《あき》れた目で見ていた。

『お前、森中の幻獣を手入れするのか？』

「そ、そんなつもりは……」

周囲の期待に満ちた視線が痛い……ごめん……ま、また今度ね……。

「ルー、起きてたの？」

『何か近寄れば、起きるだろうが』

そう？　オレが来てもいつも寝てるじゃない。ラピスも起きたけど、ティアはまだすやすや寝ている。寝息に伴ってふわふわ毛玉が膨らんだりしぼんだりするのが面白い。オレはルーの上に体を投げ出して、改めて全身でさらふわを堪能する。再びウトウトし出したルーの上で、ゆっくりと撫でながら贅沢な時間を過ごした。

眠くないと思っていたのに、ぽかぽかしてふわふわに包まれていたら、オートで寝てしまう機能が幼児には備わっているようで、ラピスに起こされて目を覚ますと、もう帰る時間だ。もっと堪能していたかったのに、勿体《もったい》ない……。

「じゃあ、またね。ルー、ツヤツヤピカピカだよ！　やっぱりたまには洗おうね！」

『……フン』

そっぽを向いたけど、毛皮には満足しているみたいで否定はしなかった。

◆◇◆◇◆

「ちょっとちょっと！　ユータ、一体何してきたの？　動物と取っ組み合いでもしたの？」

館に帰ると、セデス兄さんが目を丸くした。見るとオレの全身が毛まみれだ。ルーはほぼ毛が抜けないので大丈夫だったけど、他の幻獣は普通の動物と一緒だからなぁ……色んな毛にまみれたオレはすごいことになっていた。

「わぁ……気付かなかった。あのね、森でブラッシングしてたの」

「何をどうブラッシングしたらそうなるのか知らないけど……お外で払っておいで。お掃除したメイドさんたちが泣いちゃうよ！」

そうだね！　慌てて外に出て服を払ったけど、なかなか毛は落ちない。もういっそ洗濯しちやった方が落ちるかな？　そうだ、ルーを洗ったみたいに全身洗っちゃえばいいんじゃない？

人の目がない裏庭の方へ行くと、土魔法で大きな四角いプールを作った。オレは深いのが好きだから、高さも結構なものだ。お水だと寒いので、ぬるめのお湯を満たして完成！

ざぶーん！　と飛び込めば、ゆっくりと体が沈んで浮き上がる。こぽこぽ……と耳元で聞こえる泡の音が心地いい。

「ぷはっ！　最高！」

肌着以外はプールの中に脱ぎ捨てて、思いっ切り水中を楽しむ。プールなんて、いつぶりだろうか？　そうだ！　滑り台も作ってみよう！

「きゅきゅー！」

「きゃー！」

ばしゃーーん！　小さな滑り台を設置したら、いつの間にかラピスや管狐たちもしゅーっと上手に滑っては飛び込んでいた。ティアは滑り台のてっぺんでまたもやウトウトしている。滑り台、楽しい！　お水に飛び込むって、なんでこんなに楽しいんだろうね！

『ユータ、たのしそう！』『やりたーい！』『おみず、あったかーい！』

あっ、妖精トリオだ！

「一緒に遊ぶ？　でも、はねが濡れても大丈夫なの？」

『虫みたいに言うでないわ！　大丈夫に決まっとろうが』

チル爺《じい》！　なんだか久しぶりだ。その翅《はね》、すごく虫っぽいけど大丈夫なんだ！　チル爺に浅いお風呂を用意してあげたら、目ざとく見つけたティアも飛び込んできた。

『ほほっ！　これはよいの』

はしゃぐオレたちの横で、ティアとチル爺はのほほんと浸《つ》かって目を細めた。

「きゃーー！」

『『きゃー！』』

ばしゃーん！　ポシャポシャポシャ！　オレと一緒に飛び込んだ妖精たち。その翅は本当に濡れても大丈夫そうで、しっかりと水を弾いている。

「………お前……どんだけ規格外な遊びしてんだよ……」

きゃあきゃあ言っていると、いつの間にかカロルス様たちがプールの外に揃っていた。

「楽しそうね！　でもユータちゃん、もう夕方になっちゃうから上がっておいで～！」

「おかしいな……僕、お外で服を払っておいでって言っただけのハズ……」

「うふふっ！　楽しいよー！　ねえ！　みんなもどうぞ」

「ね、ねえ、もしかしてだけど……妖精が来てる？　さっきから変な場所で水しぶきが……」

あ、そっか、妖精は見えないけど、水しぶきは見えるもんね。

「うん！　来てるよ！　チル爺はそっちのお風呂にいるよ！」

「そうか……俺には見えんが、チル爺殿、いつも済まんな、うちの規格外が世話になっている」

カロルス様が、チル爺のいる方へ向き直ると頭を下げた。

『うむ、よい心がけじゃ。よいよい、ワシらも学ぶことが多いでの』

「ありがと、わしらも勉強になってるよって！」

『ちょ、ユータ！　お主もうちょっと正確に……！　威厳《いげん》のある伝え方をしてくれんかの⁉

妖精の威厳がじゃの……！』

「ねえユータ、チル爺さんなんて言ってるの？　なんかお湯がバチャバチャしてるよ？」

「もうちょっとカッコよく伝えてって！」

「……ああ」

分かったような顔で、２人は激しい水しぶきに同情的な視線を向けた。

結局、夕方に差し掛かって寒くなるからと、プールは終了になってしまった。とっても楽しかったけど、クタクタだ。全身を拭《ふ》いて着替えると、足下がふわふわし出した。

『ふわわ～』『ユータ、またあそぼうね！』『あふー……ねむいね！』

『うむ、風呂はよいの！　こやつら寝そうじゃからまた、の』

チル爺だって眠そうな顔……そう思いながらオレのまぶたもだんだん下がってくる。

「ごめんね、でもオレはどうしても召喚魔法を習わないといけないの」

『どうして？』『なにをしょうかんするの？』『ようせいまほうでいいよ！』

「ふふ、オレのね……大事な友達を喚《よ》ばなきゃいけないの。きっと、ずっと待ってるから」

『……ふむ？　それはどういうことじゃ？』

「あ……チル爺！　おはよう！　えーと……なんて言ったらいいんだろう？　オレの、前にいたところの友達をこっちに喚ばなきゃいけないんだ」

『お主の元いた国から呼び寄せるのか？』

「うーんと、その、ここと違う場所、かもしれない」

『？　どういうことじゃ？』

……なんとなく、チル爺には言ってもいい気がした。オレのこと、ちゃんと知っている人もいたらいいなって、そう思ったんだ。

「本当はね……オレの国、この世界にはないと思うんだ。えっと、違う世界？」

『お主……それは、別の世界のことを言っておるのかの？　なぜ幼いお主が別の世界の存在を知っておるのじゃ……』

「あの、あのね……オレ、前に生きていた時のこと、ちゃんと覚えてるの」

『なんと！　お主、記憶持ちか！　なんとまあ……道理《どうり》で。色々と納得じゃわい』

深く頷いたチル爺。なんだか簡単に納得された様子に、拍子《ひょうし》抜けした。もっと不審《ふしん》げな顔をされるか、理解されないかと緊張していたのに。

『何を驚いておるのじゃ？』

「……もっと、気持ち悪がられるかなって」

『ふむ？　それはワシには分からんが……普通、記憶持ちは重宝《ちょうほう》されこそすれ、つま弾きになどされぬじゃろうて』

「妖精には、その記憶持ち、の人がいるの？」

『おるぞ！　今は1人だけな。神獣様なぞは代々記憶持ちのはずじゃ』

「そう、なんだ……」

『な、なぜ泣くのじゃ⁉』

『チル爺！　どうしてユータなかせたの！』『メッ‼』『ユータ、ユータ、どうしたの？』

『わ、ワシ⁉　ワシか⁉』

おろおろするチル爺にメッ！　として、妖精たちが小さな手で一生懸命、頬を伝う涙を拭おうとしてくれる。ティアとラピスがそっとオレに寄り添ってくれた。

ごめんね、なんだか……安心？　ホッとしたのかな？　誰にも絶対言わずにいようと思ってたんだ。この世界でのオレはオレで、確かに前の世界の記憶はあるけれど、前の大人であった時のオレと、今のオレは、やっぱり違うから。

「チル爺、ありがとう」

『う、うむ！　そうじゃろうそうじゃろう！』

うろたえていたチル爺が、全然分かっていない顔で頷いた。ふふ、いいんだ。この不安はきっとオレにしか分からないことだもの。伝えるのは感謝だけで十分だ。

『なかなおり？』『チル爺、ごめんなさいした？』『だいじょうぶ？』

「ふふ、大丈夫だよ！　みんなありがとうね！」

こんなに幸せで、あんまり考えていなかったはずなんだけど、やっぱりオレはこの世界にとって異質なものだって思いがあったんだ。この世界に同じように記憶持ちがいることは、オレの孤独を驚くほどに埋めてくれた。ふふ、妖精も神獣も全然オレと関係ないはずなのに、オレだけじゃないって思えるだけで、気持ちが軽くなるね。

「あーなんだかスッキリした！」

『ワシは全然スッキリせんわ……』

「チル爺大丈夫？　なんだかお疲れ？　回復しようか？　そうそう、執事さんに教えてもらってね、回復するときはお水をかけたらバレないんだよ！　回復薬だって思ってくれるんだ！　それにね、生命魔法を流したお水はちょっぴり回復薬の効果があるんだって！」

と、お水の瓶を出して、たっぷり収納した薬草を思い出した。

「そうだ！　チル爺、オレ薬草いっぱい持ってるんだけど、チル爺は調合ってできる？」

『調合？　ワシはあまりせんが……やり方なら知っておる』

「ホント！　オレもやってみたい！　薬草はお礼になる？　いっぱいあるけど」

『まあ、調合の基礎なんぞ誰でも知っておるから構わんが……。薬草はよいよ、お主の空間倉庫に入れておけば萎《しお》れんじゃろ？　調合の練習をするなら、とっておいて損はせんよ』

そっか、空間倉庫の収納ではやっぱり萎れたりしないんだね、なんて便利な！

「調合ってむずかしい？　オレにもできる？」

『ふーむ、まあ難しいものは難しいの。低位の回復薬ぐらいなら子どもでもできるのう。要は薬草の薬効《やっこう》と魔力を逃さぬように液体に封じるだけじゃ。余計なものが入らんよう注意しての。きれいな水、きれいな容器と道具、萎れていない薬草があればよい』

「道具は何がいるの？」

オレはせっせとお勉強用メモ紙に書き記しながら尋ねる。

『まあ、基本は瓶、鍋、混ぜ棒、乳鉢、すりこぎ、濾過紙《ろかし》……ぐらいかのぉ？』

ふむふむ、基本は乳鉢ですったものを溶いて、濾《こ》して使うって感じかな。それなら簡単そうだ。

『チル爺、はかりもつかうよ！』『そそぐおたまも！』『えーとえーと、あじみのスプーンも！』

『回復薬まで味見するのはお主ぐらいじゃ！』

もしかして妖精トリオも調合できるんだ！

『できるよ、できるよ！』『かんたん！』『あんまりおいしくはないの！』

『こやつらができるのは初歩の初歩じゃがの』

そっか、妖精は調合もみんなが習うんだね。薬草はいっぱいあるんだし、あとで教えてもらおう。道具は……大体調理場にあるし、土魔法で作ってもいいね。

「チル爺！　あとで一緒に作ってみようよ！」

『ふむ、まあよいが……そう教えることもないじゃろうて』

——コンコン、ガチャ！

「ユータ様……あら？　もう起きてらしたのですね、おはようございます」

「おはようマリーさん！　妖精さんが来てたんだよ！」

「まあ！　今もいらっしゃるのですか？　……いつもお世話になっております、どうぞユータ様をお守り下さい……」

マリーさんに教えてあげると、マリーさんは神様を拝《おが》むように手を組んで祈りを捧《ささ》げた。チル爺はちょっと照れくさそうにうむうむと頷き、トリオたちはもじもじとしていた。

朝ごはんを済ませたら、今日はセデス兄さんとお稽古だ。打ち合っては指導を受ける様子を、妖精たちが興味津々で見ている。何も面白いことはしないと思うよ？

「ユータは騎士《きし》になりたいとは思わないのかい？　男の子の憧れだよ？」

「騎士様はカッコイイけど……色々な決まりがあるところは、オレ生活しにくいと思って」

「うわ、すっごく納得できるね。確かにユータには合わなそうだね、規律が多いし、あっという間に色々破りそうだ。それで才能もあるとなったら、疎《うと》んじられることもありそうだもんね。その点、冒険者はあくまで個人だからねぇ。自分の命の責任も自分にかかってはくるけれど。ただ、疎んじられるのは冒険者も同じだし、規律が緩い分、何をされるか分からないのも冒険者だよ？　本当に実力をつけておかないといけないね」

そうか、執事さんが言ってた実力を示せ！　っていうのが必要になってくるのかな。

「うん、そろそろユータもひと通りできるようになってきたし、実戦的な内容を入れていってもいい頃合いかもしれないね」

「ホント!?　やったー！」

小躍りするオレを見て、呆れた顔のセデス兄さん。

「そんな嬉しいことかな？　実戦形式だと痛い思いもたくさんするよ？　キツイこともたくさ

んあるけど頑張れるかな？」

「大丈夫！　多分ラピスの方がきびしいよ！」

「きゅうっ！」

心外な！　とほっぺをぺしぺしする小さな肉球。いやいやめちゃくちゃ厳しいから！　回復しつつ動けなくなるまで訓練するって相当だから!!

「そ、それでこの身のこなしなんだね……うん、ユータは避けるのが格段に上手いから、そこを伸ばしていこうね。騎士じゃなければ剣にこだわる必要はないから、攻撃は魔法や召喚獣を使えばいいよ。もっと体が大きくなったら剣にもしっかり力が乗るよ」

「うん！　大きくなったらセデス兄さんみたいに戦えるようになる！」

「あっという間に追い越されそうで怖いよ……もうちょっとゆっくり成長していいんだよ」

セデス兄さんは、少し寂しそうな顔でオレを抱き上げた。


「セデス様、今日はどうしました？」

セデス兄さんに連れられて訓練場の方へ移動すると、兵士さんたちも訓練しているところだった。

「うん、ユータも訓練に入れてもらおうかと思ってね」

「えっ？　ユータ様を……？」

「そう。甘く見ないでね？　僕と父上、母上、マリーさんとグレイがみっちり教えているからね？　普通の環境に置いてあげることも必要かなと思って。それに最近、多数相手の戦闘訓練に力を入れてるでしょ？　それを教えたくてね」

3歳児が兵士の訓練に入ることは決して普通の環境ではありませんが……という喉まで出かかった言葉を賢明《けんめい》にも飲み込んで、リーダー兵は承諾《しょうだく》の意を返してきた。

兵士さんと一緒に訓練できるの⁉　うわあ、本格的な訓練だ！　嬉しくてにこにこそわそわするオレを、ちらちら遠巻きに見る兵士さんたち。

「あの、訓練に入れるとは、どのように……？　見学をなされますか？」

「ううん！　普通に大人の兵士と同じだと思って接してくれて構わないよ！　社会に出た時の訓練にもなるから、応募してきた一般兵だと思ってくれて大丈夫だよ」

「し、しかし……ユータ様はまだ3歳ですぞ？　訓練なぞ……怪我をされますぞ」

「ユータは避けるのがバカみたいに上手いから、そうそう怪我はしないよ。体力もあるし理解力もあるから、問題ないよ。何かあっても責任は僕がとるから大丈夫」

「いや、しかしですな……このような幼子《おさなご》を……」

リーダーさん、いい人だな。確かにオレに向かって打ち込むのはイヤだろうなぁ。

「あのね！　オレ、冒険者になるの。もうすぐ学校にも行くんだよ！　だから、何かあってもじぶんで身を守れなきゃいけないんだ。いたくてもつらくても大丈夫、教えて下さい！」

「なんと……！　噂には聞き及んでいましたが、これほどしっかりされているとは……。ユータ様は訓練をなさりたいのですね？　ご自分でそうされたいと？」

「そう！　オレがおねがいしてくんれんしてもらってるんだよ」

「そうですか……分かりました。ユータ様の望みであれば、できる限りの協力を致しましょう」

「ありがとう！」

にこっとしたオレに、リーダーさんはぎこちなく笑った。

「……僕、ユータをいじめてる人に見えたの……？」

ちょっと離れていじけてるセデス兄さんは、あとで慰めておかないとね。

「今日から訓練に加わるユータ様だ！　既にある程度の訓練を積まれているため、新兵と同じ扱いとする！　いいな！」

「………………」

居並ぶいかつい顔の兵士さんたちが、反応に困っているようだ。リーダーを見て、オレを見て、リーダーを見て……オレとリーダーさんの間を忙しく交互に行き来する視線……リーダーさん……せめて地面に下ろしてほしいな。オレ……恥ずかしいよ……。

なぜか抱っこで紹介されるオレ。リーダーさんの顔も口調も厳しいものだったけれど……抱っこじゃ……。ほら、真っ赤な顔で笑いを堪えてる人たちがいるよ。違うの、遊びに来たんじゃないんだよ！　ここはオレが気合いを見せないといけないね！

じたばたしてなんとか下ろしてもらったら、背筋を伸ばしてぴしりと敬礼する。

「今日からおせわになる、ユータです！　くんれんしたくて、むりを言いました！　ごめいわくとは思いますが、がんばります！　いたくてもつらくても泣きません！　よろしくおねがいします！」

押忍《おす》ッ！　と、このくらいなら子どもでも言えるだろう、という内容に絞って気合い十分に挨拶する。兵士さんって敬礼しないんだっけ？　まあいいか。

兵士さんが何人か蹲ってしまったけれど、これでオレの気合いは伝えられたはずだ。プルプルしたリーダーさんが咳払《せきばら》いをすると、前へ進み出た。

「……ンンッ！　このように、これはユータ様本人のご希望だ！　今後お1人で生活される時や学校内で、何が起こるか分からん！　必ずご自身を守れるよう……これは我らが間接的にユータ様をお守りするための訓練だ！　分かったか！」

「……おお!!」

うおお、とすごい音量の気合いが伝わってくる。すごいな、さすが兵士さんだ。物理的な圧力まであるのではないかと思うほどの熱気。

オレを混じらせてくれたグループは、まだ若い兵士さんたちと指導係の年配の兵士さんだ。

「その、3歳のお子様がどのくらいできるか我らには分かりませんので……辛くなったら言って下さい。どうにも我らは無骨なもので……気配りに自信がありません」

「大丈夫！　もし気を失ったら横によけておいて下さい！」

「……ユータ様は普段どのような訓練を……？」

オレの発言にどん引きした指導者さんは、恐る恐る遠くで見守るセデス兄さんを窺《うかが》った。

まずは基本の動作で体を温めたら、ペアになって打ち込み？　みたいなことをするらしい。

「よろしくおねがいします！」

オレとペアになってしまった若い兵士さんは、だいぶ緊張しているようだ。ごめんね、怪我しても怒られないと思うから大丈夫だよ。

「いきますよ？」

かなりゆっくりとした、基本に忠実な構えからの斜め袈裟《けさ》切り……でも。

「ユータ様？　速いですか？　払うか避けるかしなくてはいけませんよ？」

「うん……でも、それ当たらないもの……。当たるものだけ避けるよ」

「なんと……ユータ様、本当にどのような訓練を……わしは心配ですぞ」

指導者さんが驚いた顔をする。避ける訓練担当はラピスだから、それはもう心配していただかないといけないような訓練をしていますとも。でも、お陰でセデス兄さんの剣も避けられるし、カロルス様の剣も多少見えるようになったよ！　避けられないけどね！

「し、しかし当てる軌道《きどう》では……」

「じゃあ、これならどう？　当たっても大丈夫でしょう？」

そりゃあ幼児に打ち込むなんて怖いよね。そんなこともあろうかと……はい、と収納に入れておいた、カロルス様のよく使う枝を取り出した。

「ああ、これなら……あれっ、これどこから？　こんなもの、訓練場に落ちていたか……？」

「じゃあ、おねがいします！」

若い兵士さんが不思議そうに呟いて首を傾げるのを誤魔化して、宣言すると、やっぱりとてもゆっくり振るってこられる枝を、丁寧に受け流していく。

「大丈夫！　はやくしていってね？」

「なんと……見事です」

「よし、交代！」

交代の合図に、ぜーはーする若い兵士さんが、ホッと顔を上げた。

「ありがとうございました！」

「あっ……ありがとうございました！」

「まだまだ精進《しょうじん》が必要だと、よう分かったな？」

指導者さんに言われて、兵士さんはがっくりと肩を落とした。

「ユータ様、正直、信じられぬ。ここまで当たらぬとは……見事、というより他はありませんな。受け流しはカロルス様から？　一般兵より、よほど高度な技術をお持ちです」

「ホント？　やったー！」

日々の訓練の成果はちゃんと出ているんだ！　あんな高度な技術を教わることができるのは、本当に貴重なことだよね。

さて、次は攻守交代。兵士さんの真似をして袈裟切りから横払いなど、ひと通り行ってみる。

「くっ……」

兵士さんはちょっと遅いけど、当たる前に受け切っている。でもそのタイミングで受けていると、流そうと思っても流せないだろうに……彼は流すのが苦手なタイプのようだ。

「ユータ様、加減なさってますな？　一度こちらの棒で見せてくださるか？　カロルス様にはどのような教えを受けてらっしゃるのか……。この新米たちにも勉強になりますから」

どこかイタズラっぽく笑った指導者さん。木剣《ぼっけん》は痛そうだから当てたくないな、と思っていた気持ちも見抜かれていたらしい。そうか、これはオレのためだけの訓練じゃないんだから、彼らのためにオレも頑張る必要があるんだね。この枝なら痛くないから大丈夫。

「はい！　じゃあ、当てるよ？」

ピシリ！

「なっ……！」

兵士さんが驚いた顔をする。ごめんね、ちょっとイレギュラーな動きになるから、訓練の時はよくないかと思ったんだけど。

ピシッ、ピシリ！

オレが狙うのは、ただひたすらに足。カロルス様から、足以外狙わなくていいと教えられている。とりあえず剣士なら足を潰せばどうとでもなるって。足を潰してその間に逃げろとも。

オレは人殺しをしたいわけじゃないから、身を守れたら十分。

「くそっ⁉」

足しか狙わないと気付いてガードを固める兵士さん。でも、足を守るのって結構難しいんだよ、特に、オレサイズの相手からは。横払いを避けようと上げた足なんて、狙い放題だ。オレの姿勢はひたすらに低く、地面に伏せるように！

「あっ⁉」

どすん、と尻餅《しりもち》をついた兵士さん。

「……いやぁ、すごい！　すごいもんです。カロルス様なら必ずそう教えておられると思いました。……分かったか？　ミルマの兵は、小さいと侮ってきた他国の軍を追い返した。このように圧倒的な強さを誇ってな」

しょんぼりする兵士さんは、真剣に指導を聞いている。でも、ミルマ兵……それって小人族……。横で指導を聞いていたオレもしょんぼりするのだった。


「ユータ、どう？　辛くないかい？」

どうやらメニューを概《おおむ》ねこなせたようで、遠くで見守っていたセデス兄さんがやってきた。

「ぜんぜん！　大丈夫だよ！」

それを聞いて肩を落とす若い兵士さんたち。ペアでの訓練を終えたら再び基礎的な練習、走り込みなどの体力作り。なんだか部活動みたいで、オレはとっても楽しい。

「ふふ、これは大人の兵士たちの訓練メニューだよ？　どう？　ユータが普通じゃないってよく分かったんじゃない？」

「そっか……学校いったら、気をつけないといけない？」

「そうだね、まあたまにうちの家族みたいな規格外もいるから、このくらい大丈夫かなと思うけど。ただ、相手が自分と同じようにできるとは思わないことだね、怪我させてしまうよ」

なるほど……確かに相手がカロルス様やセデス兄さんのつもりでいたら、大事故になってしまう。オレ、カロルス様には当たらないから全力で木剣振ってたし……。Ａランクって本当に少ないらしいから、学校の先生たちもＡランクのわけないよね。思い切ってやったら大変なことになるところだ。

「今日、これからは多人数に対する戦闘訓練になるけど、一度見ておくかい？　ユータは狙われることが多そうだから、これを経験しておいた方がいいと思うんだ」

「うん！」

セデス兄さんに抱えられて屋内に入ると、簡素な闘技場のようなスペースがあった。壁に囲まれた土がむき出しのグラウンドと、上から観覧《かんらん》できる場所だ。

「あまり外部に知られたくない訓練とか、試合形式の練習なんかはここでするんだよ。多人数が動く訓練は、こういう観覧場所がないと見えないしね」

確かに上から見ることができれば、全体を把握できるし隊列の訓練なんかにもよさそうだ。

対多人数だから、１対５、６人の形式で行うようだ。

「あ！　タジルさんだ！　がんばってー！」

思わず知った顔に手を振ると、赤い顔で手を振り返したタジルさんが、周りの兵士さんたちに小突かれていた。兵士さんたち、仲がよさそうだ。

「……始めっ！」

リーダー兵さんの号令と共に、各グループは一斉に1人役の兵に襲いかかった。思わず手に汗を握ってしまうけど、慣れたものなのか、打ち払ったり飛びすさったり、各々が初撃をなんなくクリアすると、乱戦に突入した。

「すごーい！」

「うん、がんばってるね」

中でもタジルさんはひときわ目を引いた。とても安定して数人を捌《さば》いている。それも、動き回らずに、どうやら撃破《げきは》よりも自分の位置より後ろへ行かせないことを第一にしているようだ。他の1人役の人は、動き回って各個を撃破しているので、タジルさんの戦い方はとても異質に映った。

「……あれはね、ユータを守っているんだよ」

「えっ？　……あっ！」

そうか、タジルさんは、オレの馬車を守っていたあの時を想定しているのか……なんだか泣きそうになった。2度と繰り返さない、という悲痛なほど強い決意が滲んでいるようで。

剣だけを使って、複数から守り抜くって本当に難しいことだ。オレもいずれ誰かを守る時のために、しっかりと学ばなければいけない。そして、絶対に自分の身を守らなければいけない……オレに繋がる人たちを、不幸にしないために。

固唾《かたず》を飲んで見守っていると、とうとうタジルさんが６人全員を撃破した。引かず、進まず、彼のいるラインには鋼《はがね》の防御壁が見えるようだった。

「わあー！　すごい！」

カッコイイ！　鉄壁の防御!!　興奮して両手を振ったオレに、彼は照れくさそうに手を挙げた。

「……僕だってユータを守れるからね？」

ちょっと拗《す》ねたセデス兄さんは、のほほんとしているようで意外と負けず嫌いだもんね。

「うん！　セデス兄さん、強いもんね！　でもね、オレだって強くなってみんなを守ってあげるから！　セデス兄さんも守ってあげるからね！」

「ふふっ！　ユータが守ってくれるのか～楽しみだけど、もうちょっと守らせてほしいなぁ」

今はこんな小さいけど、そのうち立派な男になって、どんな脅威《きょうい》からもオレの大好きな人たちをちゃんと守れるようになるんだ。

オレの脳裏《のうり》には、あの時の崩れる山が、迫りくる土砂が、こちらへ駆け寄るみんなの姿が浮かんだ。オレだって、タジルさんみたいに変わっていくんだ。動くこともできず、何もかもを手放すのはもう嫌だ。人や、魔物だけじゃない、せっかくやり直せる機会なんだ、あらゆる脅威を退《しりぞ》けられる力が欲しい。

「いつも守ってくれてありがとう。いつかオレもみんなを守るために、強く、なりたいな……」

「あんまり、無理をしないんだよ……？」

切実な願いを聞いて、セデス兄さんは困った顔で小さなオレを抱きしめた。

◆◇◆◇◆

『たあ！』『やー！』『とうー！』

訓練を終え、セデス兄さんとお昼を食べてお部屋に戻ると、妖精トリオが騒いでいた。そういえば、妖精さんたちが来ていることをすっかり忘れていたよ。

「みんな何してるの？」

『くんれん！』『カッコイイ？』『やー！　とおー！　だよ！』

手に小枝を持って振り回しているのはまるきり小学生のチャンバラで、なんとも微笑ましい。

『危なくてかなわん……妖精が剣を使ってどうするのじゃ……』

「妖精は剣を使わないの？」

『こんなナリで剣がなんの役に立つのじゃ……。ヒトや魔物と大きさが違いすぎるわい』

「でも、魔物はすごく大きいものもいるよ？　人だってそれに比べたら小さいよ？」

『ヒトの努力と不可能に挑戦する姿勢は感嘆に値するわい。妖精には強力な魔法があるからの、わざわざ威力の弱い剣を極めていこうなんて奴はおらんのじゃ』

そうなんだ……ヒトは魔力が弱かったから、色々発展したのかもしれないね。

すっかり「くんれん」に夢中な妖精トリオはそっとしておいて、オレはさっそく「調合」をやってみたい！　調理場で道具だけ借りてこよう！

「チル爺、手順をおしえて下さい！」

『うむ、まずは手と容器、薬草をよく洗うことじゃ。コツは薬草の洗い方じゃな。成分が抜けないよう優しく洗うのじゃ。水もきれいな水がよいぞ。魔法で出した水がよく使われるの』

お薬だもん、清潔・滅菌《めっきん》が大事だね！　薬草は優しくか……お野菜を洗う時は結構乱暴に洗ってるから、気を付けないといけないね。オレはメモをとりつつ真剣に話を聞いた。

『あとは煎《せん》じればよいぞ。量は適当じゃ！　目安は水１：薬草１じゃ。これより薄いと効果も薄くなるの。じゃが濃く作ったからといって効果が上がるわけではないのでの、使いすぎると勿体ない上に苦い。ただそれだけじゃ。初心者のうちは濃く作るのが常套《じょうとう》手段じゃて』

「そうなんだ！　いっぱいあるから濃く作ってみる。ところで、煎じるってどうやるの？」

『なんじゃ、お主煎じ方も知らんのか！』

『あのねー、おなべにおみずいれてー』『やくそういれて、ひにかけてー』『ぐつぐつするの！　みどりいろになるまで！』

『まあ、概ねそんなところじゃ。薬草を水から煮出して、濾したらよい。ワシらの量じゃとすぐじゃが、ヒトの量だと時間がかかるだろうの。緑色が濃く出て、葉の色が茶色になればよい。それを濾して瓶に入れたら終わりじゃ！』

「えっ？　それで出来上がり？　簡単だねぇ！」

『かんたんだよー！』『しっぱいしないの！』『でもめんどくさいのー！』

　ああ、確かに。簡単だけど、毎回こうやって作る作業の時間って勿体ないし面倒だね……値段によるけど、時間を買えるなら安いものかもしれないね。ただ、出先で回復薬がない時とか……あ、オレ普通に魔法で回復できるなぁ。周囲に魔素があれば魔力が枯渇《こかつ》するってこともないだろうし。あれ……回復薬作りって、もしかしてオレにとってムダ知識？　でも……だって、ねえ？　やってみたいでしょ？

「とりあえずやってみるから、そこで見ててね！」

　気が乗らない様子のチル爺にお願いすると、メモを見ながら調合を始める。

えーっと、まずは滅菌！　各種容器を洗う……でもお部屋でお水流すのもなぁ。そうか、作業台から作ればいいんだ！　ラピスに頼んで庭の土を拝借《はいしゃく》すると、魔法でよいしょっと、流し台付き作業台テーブルを設置する。排水先は別タンクだ。

『お主……始まる前からそれか……』

滅菌はどうしよう？　高温高圧滅菌ってあったよね……でもどうやったら圧力をかけられるのか分からないなぁ。とりあえず、菌がいなくなればいいんでしょう？　うーんとしばらく考えて思いついた！　あの蝶々《ちょうちょう》みたいにしたらいいんじゃない？

しゅわわわ……。

集中したオレの両手からこぼれ落ちていく、質量のある霧のような光。

「対象は細菌、アメーバ、ウイルス……極小の異物……かな」

イメージしたのは白血球、そしてその貪食《どんしょく》作用。ウイルスでもなんでもドンと来い！　なる分有能な白血球だけど。淡い光が容器を包むと、さほど時間もかからず滅菌が完了した。これは便利だ！　異物も対象にしているから、多分汚れも落ちるし、これはいい魔法ができたね～！

『な、なんじゃそれ！　怖っ！　それ怖っ！』

「何も怖くないよ？　ほら、これと一緒」

そう言ってふわっと、１匹の回復蝶々を生み出してみせる。

『うおお……疑似《ぎじ》生命……!!』

チル爺がふらふらと蝶を追いかけていってしまった……ちゃんと見ててって言ったのに……。

まあいいか、難しいことはなさそうだしね。

よし、次は薬草もきれいに……あれ、これも滅菌魔法で？　大丈夫かなぁ？　異物の判断が難しそうだし、薬効が変わっちゃったら怖いな。

「うーーーん優しく洗う、優しく……」

あ、そうだ！　効果があるのかは分からないけど、あれやってみよう！

容器に薬草と水を入れると、マイクロバブル発生！　お風呂で時々やるんだよ。ぼこぼこ大きな泡にする時もあるんだけど、マイクロバブルだとしゅわしゅわして気持ちいいんだ。

「ふふ、なんか気持ちよさそうだね。温泉にしてあげよう」

なんだか満足そうに見える薬草を眺めて、今日はオレもお風呂でしゅわしゅわしようと決めた。容器の中で薬草を軽く揺すると、泥などの汚れはだいぶ落ちたみたいだ。よし、お鍋に水と薬草を入れて、火にかける……と。今回は薄かったら困るので、2倍ぐらいの薬草を入れてみた。でも大きなお鍋なので、なかなか沸騰《ふっとう》しない。あんまり業火《ごうか》で熱してもダメだろうと思って、調理場の火ぐらいの火力にしてあるし。

……チル爺はどこに行ったのか……蝶々を呼べば戻ってくるかな？　じーっと鍋を見つめて

いてもそうそう変化はないし、退屈だ……。

作業台に肘《ひじ》をついてぼんやりと鍋を眺めていたら、ガクンと頭が落ちた。どうやらうとうとしていたらしく、慌てて立ち上がった。お鍋を火に掛けたまま寝ちゃうなんて危ない！　……まあオレが寝たら火は消えるんだけど。

「んー眠くなっちゃう！　何かこの間にできることはないかなぁ？」

――ラピスと訓練する？

「お鍋のそばでやったら危ないよ？」

――じゃあ、おやつなの！

「おやつかぁ……ちょっと遅いけどいいか！」

収納からクッキーを取り出すと、ティアとラピスは既にテーブルに乗って待っている。小さなお皿を出してクッキーを1枚載《の》せると、体と同じぐらいの大きさと思えるそれに齧《かじ》りついた。食べたモノ、どこに入るのかな……？

いつものようにお水を並べて、ふと考えた。

「お水にちょっと生命魔法を混ぜたら美味しくなるけど、いっぱいいっぱい混ぜたらどうなるのかな？　苦いのも美味しくなる？　おくすりも飲みやすいといいよね」

――回復薬なんだから悪くはならないの！　やってみるの！

そっか！　回復効果が増える分には問題ないもんね！　よし、と意気込むと、鍋の中にどんどん生命魔法を注ぎ込む。限界まで注いだらどんな風になるのかな？　ちょっと楽しみだ。

『おわーー！　なんじゃこれは!?　あああ……目を離した隙に……ユータ！　お主何をした!?』

「チル爺……これ、失敗？　緑色にならなかったの……」

燦然《さんぜん》と輝く液体を前に、オレはしょんぼりとしていた。

『失敗とか成功のレベルではないわ！　なんじゃこれはー!?』

「えっと……回復薬？」

『断じて違うわ!!　何がどうなってこうなったのか説明してもらおうか!?』

「――って感じで作ったよ！　間違ってないでしょう？」

『お主……最初から最後まで違うではないか……なぜそんな納得できない顔をしているのか分からんわ！　……もはや薬草がどうとかいうレベルではない……こんなに生命魔法を詰め込んでおれば、死者も驚いて起き上がるわ……』

ブツブツ言うチル爺の様子から、やっぱり失敗なのかと眉を下げる。

『よいか、ワシは見なかったことにするからお主はこれをどんな相手にも見せるでないぞ！』

「はぁい……失敗しちゃったの……？　これ、どうしたらいい？　捨てちゃう？」

『なっ!?　ばっ!!　ばっかもん!!　そんな勿体ないことができるか！』

ひしっと鍋に縋《すが》りつくチル爺……熱くない？

「そんなこと言ったって……使えないならいらないけど……」

『使える！　使えるから！　ただ、効果が強すぎるのじゃ!!　不用意に使えばとんでもないことになるじゃろ。そうじゃの……小瓶に分けてしまっておけ。回復薬に1滴垂らすくらいなら構わんじゃろう。よいな？　回復薬を煎じる時は、生命魔法を使うでない!!　よいな!?』

「はーい。それでこれ、回復薬じゃないの？」

『これは……そうじゃの、お主が言っておったじゃろ、飽和《ほうわ》生命魔法水、じゃの。それ以上でも以下でもないわい。回復系の薬品の効果を劇的《げきてき》に高めるじゃろうな……疑似生命を作るのにこれほど適したものもあるまい』

ぼそりと呟かれた言葉は聞き取れなかったけど、悪いものではなさそうだ。

「小瓶に分けてもいっぱいあるよ……そんな1滴ずつ使ってたらなくならないよ～チル爺にもあげるね！」

『あまーい！』『おいしい!!』『おいしいよー！』

「『あっ……!?』」

チル爺とあげる、いらぬと押し問答をしているうちに、妖精トリオが味見してしまった！

『ふわーいいきもち！』『おさけのんだチル爺みたいなきぶん！』『あったかくてきもちよくてふわふわ！』

こっそり味見をした3人が、金色の光を纏う……。

「ねえ、ねえ！　大丈夫？　ごめんね、ごめんね！　オレがこんなところに置いてたから！」

泣きそうになるオレの周りを、ふわふわと飛ぶ妖精トリオ。

「みんな、大丈夫……？」

『ユータ、どうしたの？』『おいしかったよ！』『このおくすりならのめるー！』

『最高級回復薬でもあるからのぅ。飲んでよくないことはないじゃろ。勿体ないがの』

「そ、そっか……ビックリしたー。光、消えたね……よかったよ……」

害はないんだ……オレは心底ホッとして、胸を撫で下ろした。

そこからちまちま、ちまちまと輝く液体を小瓶に注ぎ続け……当然ながらそんなにたくさんの瓶はなかったので、残りは土魔法の大きな容器に入れて収納に放り込んでおいた。これ、1滴ずつ使うなら一生分ぐらいできちゃったじゃない……。チル爺が怖いものみたいに言うから、妖精たちが飲んじゃった時は本当に焦ったけど、よく考えたらオレいつも薄い生命魔法水を飲んでたよ。あんなに魔力を注いだせいなのか、なんだか訓練したあとよりぐったりだ。

コンコン！

作業台や使ったものを片付けていると、ノックの音がした。慌てて土と水を処理したけど、入ってこないからマリーさんじゃないね。

「ユータ？　入るよ～？」

セデス兄さんだ。もう夕食かな？

「ユータ、あさってのことなんだけど……!?」

部屋に入ったセデス兄さんが、サッと腰を低くした。カッコイイ！　咄嗟の戦闘態勢だ……

右手が腰の剣を探してるけど、帯剣してないよ？　何事かと振り返るけど、何もない。

「なあに？　どうしたの？」

「ぁ……ユータ……ごめん、ビックリして。そちらが妖精さん？」

戦闘モードを解いたセデス兄さんが、オレの肩あたりを見つめた。

『あれ？』『あれー？』『みえる？　みえるのかな？』

ふわふわと飛ぶ妖精トリオの軌跡《きせき》を追って、セデス兄さんの視線も動く。

「わあ！　セデス兄さん、妖精見えるの？」

「うん、うっすらだけど見えるよ！　こんな姿だったんだね。かわいいな」

『なぜじゃ……？　おい、そこのお主！　ワシも見えるか？』

セデス兄さんは、チル爺の方は全く見ないし反応しない。

「チル爺がお話ししてるよ？」

「えっ？　どこ？　３人しかいないよ？」

『ふむ……声も聞こえんか。ならば、あの飽和水のせいじゃろうな』

チル爺が１人頷いた。それ大丈夫？　見えちゃったら人に狙われたりするんじゃやない？

『お主ら、「隠密《おんみつ》」じゃ！　できるのう？』

『かんたん！』『できるー！』『みてて！』

３人の姿が少し薄くなっていく。でも、姿はちょっと淡くなったけど、光が残ってるから居場所はばっちり分かる。

「あれっ？　消えちゃった……」

「光ってるのは見えないの？」

「光？　妖精は見えたけど、光なんて最初から見えないよ？」

『そこな青年は妖精が見えるようになったわけではないからの。生命魔法で妖精の生命としての側面が強化されて見えるようになったのじゃろう。ワシらは半生命じゃからの』

「半生命？」

耳慣れない言葉に首を傾げる。

『ワシらは半分精神体、半分生命体という位置づけじゃ。ヒトは完全な生命体じゃの。精霊は精神体じゃ。妖精の中でも精神体と生命体の割合は様々じゃからの、生命体の割合が多ければたまに人から見られてしまうやつもおる。じゃから外へ行く時はこのように「隠密」しておくのじゃが……こやつら最近サボっておったの』

「そうなんだ……大丈夫なの？」

『問題ないわい。生命体の割合が高いと力が強く、丈夫になるのう』

そっか……それならよかった。

「あーあ、せっかく妖精見えたのに……」

『みたい？』『みせてもいいよ！』『ここにくるときだけね！』

ガッカリするセデス兄さんに、サービス精神旺盛な妖精トリオはすぐさま姿を現した。

「おおっ！　ありがとう！　今度おやつでも持ってこなきゃ！」

『おやつ！』『あまいの！』『おいしいの！』

喜んでくるくる回る妖精たちに、セデス兄さんも嬉しそうだ。その間に、こそこそとチル爺に小瓶を押しつけた。いらぬいらぬと言うチル爺に1瓶押しつけることに成功した。だってオレだけ持ってるのイヤだもの……共犯になろうよ！

ほどなくして帰っていった妖精を見送って、ふと気付いた。

「ところでセデス兄さん、何か用事じゃなかった？」

「えっ？　ああ、そうだ！　あさってのことなんだけどね、ユータの入学も近くなってきたし、まだまだ早いと思えるんだけど……ここらで１つ卒業試験をしようかってね！」

入学前に卒業とはこれいかに？　試験という響きに少し不安になって、セデス兄さんを見つめた。

「ふふ、そんな大それたことじゃないんだけどね。学校に行くようになれば、ユータ１人で行動することが増えるでしょう？　今まで他の街に行ってもいつも誰かと一緒にいたから、１人で行動できるかどうか試してみようってわけ」

「えっ！　オレ１人⁉」

わーい！　好きなところに行っていいの⁉　自由に遊べるの⁉

「……嬉しそうだねぇ……ちっとも不安そうでないのが不安だよ……。１人って言ってもね、完全な１人だと何かあったら困るから、今回は隠密を付けるよ？　でも、命の危機がない限りは出てこないし、本当に危険な時に間に合うとも限らないからね？　自分の身は自分で守るんだよ？　大丈夫かい？」

隠密の人がいるのか……下手なことはできないなぁ。でも、自由に行動はできるってことだよね！　それは嬉しい！

「うんっ！　大丈夫！」

「あー不安な返事。でもいつまでも一緒にいると、いざって時に困るもんね……」

そわそわする体を抑えつつ、具体的に何をするのか尋ねると、どうやら他の街までおつかいに行ってきなさいっていう指令のようだ。

1人で！　他の街まで!!　オレのそわそわはもう限界だ。

「じゃあ、詳しいお話は明日するからね。あ、もうごはんだから下りておいでね？」

パタン、と扉が閉まった瞬間、ぽーんと後方抱え込み宙返りをしつつベッドへ着地する。

「聞いて！　聞いて!!　1人で！　街に！　行くんだって!!　ひとりで!!」

興奮したオレは、ぴょんぴょんベッドで跳ねながら誰に言うでもなく声に出す。

「ピピッ！」「きゅう！」

ラピスとティアも、楽しみ！　と空中でパタパタ、ぽんぽんする。

夕ごはんの時、既にウキウキそわそわするオレを見て呆れる3人。

「もうちょっと不安そうにしてもいいと思うのだけど……私が寂しいわ」

「あさってだからね？　やっぱり直前に言った方がよかったんじゃない？」

「しかし万が一にも不安が大きかったら困るだろう。不安のカケラもなさそうだがなぁ」

不安なんてないよ！　おつかいくらい、簡単簡単！

翌日、朝ごはんを掻き込むように食べる、落ち着きのないオレ。先が思いやられると、カロルス様が深いため息を吐いた。おつかいに行くのは初めての街、ガッター。ヤクス村より大きいけれどハイカリクほど大きくはない街。1人で馬車に乗ってギルドへ手紙を届け、向こうで1泊して帰ってくる。いくらこの世界の子の成熟が早いといっても、3歳児にはかなり難しいこと。でも、6歳児にはできる。むしろこれができないと1人で生活は無理だ。飛び級する3歳児はすごいんだぜ！　っていうところを見せないとね！

オレは初めての一人旅（？）に思いを馳《は》せて、瞳を輝かせた。

「お前の顔を見てると不安しかないな」

カロルス様の呟きは、もうオレの耳には入ってこなかった。

おつかい前日の夕方、まだ夕ごはんを食べたところだけど、早く寝たら早く明日が来るよね？　もう寝てしまおうか……なんて考えつつ、オレは肩掛けカバンの中身を出したり入れたりしている。

「お前……夜逃げでもする気か？」

呆れた呟きに部屋を見回すと、なんということでしょう！　部屋にほとんど物が残っていない！

「家具まで持っていくやつがあるか……いつ使うつもりだ」

むにっと両ほっぺを引っ張られたので、ぺちぺちと抗議した。

「だって、持っていっても邪魔にならないし。……何かあったときのため？」

頬をさすりながら口を尖《とが》らせると、ぺちんと軽いデコピンを食らった。

「お前はなぁ……無駄に高性能なところは極力隠せって。とりあえず今はな。もっとデカくなって自信がついたら見せびらかしていいぞ。……何があっても机と椅子がどうしても必要な時はないだろ！　タンスもな！　お前は1人にするとろくなコトがないからなぁ……さあ、もう寝ちまえ。明日は朝早いだろう？」

とりあえず家具を戻してお布団に潜り込むと、カロルス様がそっと頭を撫でてくれた。

「……？」

わざわざ寝かしつけに来てくれるなんて珍しい。立ち去りがたく枕元に立っている姿は、オレよりもずっと不安そうに見えた。

オレはお布団を跳ねのけて起き上がると、カロルス様の首に飛びついた。硬い無精髭がザリザリするのも構わずぎゅうっとすると、よしよしと頭を撫でてあげる。

「大丈夫！　アリスは残ってくれるし、ラピスやイリスたちとティアがいるからね！　ひとりぼっちじゃないんだよ。それに……危なくなったら戻ってこられる、でしょう？」

「……はー、バレバレだな……情けない。お前……ちゃんと、戻ってこいよ？」

カロルス様は少し肩の力を抜いて苦笑すると、一度オレの体に顔を埋めてぎゅっとしてから、お布団に寝かしつけた。でも、お布団でそんなに押さえたらオレぺちゃんこになるよ！

「じゃーな、ちゃんと寝てろよ？」

「はーい！　おやすみなさい」

わしわし、と頭を撫でる手が嬉しい。オレはにっこりして目を閉じた。

4章　はじめてのおつかい

「本当に大丈夫？　ああ、怖いことがあったらどうすれば……！」

出発の日、今にも泣きそうな顔でオレを抱きしめる、エリーシャ様の方が大丈夫じゃなさそうだ。オレは苦笑して細い体をぎゅっとする。

「こわいことがあったら戻ってくるから大丈夫！　何かあったら連絡とれるよ？」

オレには管狐ネットワークがあるから、とっても便利な携帯電話代わりだね！

「そう……そうね。連絡とれるもの……大丈夫よね」

「母上は心配しすぎだよ……僕は何かやらかしやしないかと不安で仕方ないけどね」

結局みんなして乗合馬車のところまでついてきてしまって、他のお客さんが畏縮しちゃってるよ。馬車に乗るところから1人でするはずだったのに……もしかしてこれはオレの卒業試験じゃなくて、ロクサレン家のオレからの卒業試験なんだろうか……。

「あ、あの……よろしいでしょうか……？」

なかなかオレを離してくれないロクサレン家に、勇気を振り絞って御者さんが声をかけた。

「ほら、御者さんが困ってるから！　母上、もう離してあげて。父上、名残惜しいならもう1

回ぎゅっとしておいたら？」

「そう……そうね……ユータちゃん、他の何を犠牲にしてもいいからね！　あなたが無事でいるのよ！　……いってらっしゃい…」

エリーシャ様がなかなか怖いことを言って、さらにオレを強く抱きしめてくれる。

「う……うん。いってきます！」

セデス兄さんが、そんなエリーシャ様からオレを取り上げてカロルス様に押しつける。オレは子犬かなんかだろうか……。

「行ってこい、楽しんできたらいいが、気を付けるんだぞ？」

「うん！　いってきます！」

カロルス様も、がしがし！　と強く頭を撫でて、ぎゅうーっとしてから下ろしてくれる。

「気を付けるんだよ？　無茶したらダメだからね？　誰にでもついていっちゃダメだよ！」

「大丈夫！　いってきます！」

ぱちん！　と右手と右手を合わせて、セデス兄さんとにっこりする。

さあ、出発だ！

馬の嘶《いなな》きと共にゆっくりと動き出した馬車。顔と手を突き出して大きく振ると、走って追いかけてこようとする面々をセデス兄さんが必死に止めているのが見えた。恥ずかしいから！

大丈夫だから！　頑張れ！　セデス兄さん。

ちょっと赤くなった顔を戻すと、馬車の中を見回す。今回馬車に乗っているのは赤ちゃんと女の子を連れた夫婦、それと冒険者グループであろう2組だ。うち1組は護衛を兼ねているらしく、バラバラに座って外を見ている。もう1組の冒険者たちはまだ10歳やそこらであろう年齢の4人組だ。見るからに経験が浅そうで、緊張の面持ちだ。まるではじめてのおつかいを見ているようだと微笑ましく思って、ふと自分にも当てはまることに気付いて赤面した。

「あなた、貴族さま？　どうしてこの馬車にのるの？　ひとりなの？」

5歳くらいだろうか？　おしゃまな女の子が話しかけるのを、隣の両親が慌てて止めている。

「オレ、ユータって言うの！　貴族さまのところでおせわになってるだけだよ？　とてもいい貴族さまなの。もうすぐ学校にいくからね、今日はガッターまで練習なんだよ！」

「えっ？　君1人で行くのかい？　学校って……その、君は6歳には見えないけどな」

貴族じゃないと聞いて安心したのか、父親らしき人が驚いて尋ねた。

「もうすぐ4歳です！　あのね、しっかりしてるから4歳から行けるって言われたんだよ」

「まあ……本当にしっかりしてるわね。驚いた……カレアよりお兄ちゃんみたいよ？」

赤ちゃんを抱いた母親らしい女性にそう言われ、女の子が頬を膨らませる。

「カレアの方がお姉ちゃんよ！　カレアだって1人で馬車に乗れるわ！」

「カレアお姉ちゃんって言うの？　よろしくね」

姉の大声にぐずりそうになった赤ちゃんを見て、慌てて口を挟んだ。

「……ユータちゃんね？　大丈夫、ちゃんとカレアが面倒みてあげるわ！」

お姉ちゃんと呼ばれて途端《とたん》に機嫌を直したカレアちゃんを見て、両親が密《ひそ》かに笑った。


潮風を感じながら馬車に揺られること数時間、通過地点のバスコ村だ。ここで一旦休憩をとりつつ、客の乗り降りがあるようだ。

「あ、ガナおじさーん！」

海辺でお弁当でも食べようかと歩いていると、見知った顔を見つけて手を振った。

「おう！　カニのぼっちゃんじゃねえか。ははっ、カニの方は順調みてえだな？　うちも助かってるぜ！　今日は兄さんと一緒じゃないのか？」

日に焼けた顔をくしゃくしゃにしたガナおじさんが、オレを抱き上げてセデス兄さんを探す。

「うん！　今日はね、オレのおつかいなんだよ！　1人できたの！」

胸を張って言うオレに、大げさに驚くおじさん。

「なにっ！　ぼっちゃん1人で？　そいつはまた思い切ったことを……」

「しっかりしてるから大丈夫！」

違ぇねえ！　と笑ったガナおじさんは、今浜でゆがいたばかりだという大きなカニの足を1肩分オレに渡すと、他の漁師に呼ばれて走っていってしまった。

「お弁当が増えたね！　いっぱい持ってきてるし、誰かと食べないと食べきれないよ」

——でもおじさんは行っちゃったよ？

「うん……そうだ！」

オレは人気のない浜辺まで来ると、海の上に土魔法でちょっとした陸地スペースを確保した。収納から貝殻を取り出すと、そっと魔力を流す。うーん、どのくらい流せばいいのかな？

少しずつ魔力を流していると、目の前がうっすらと光り出して、魔方陣のようなものが正面に現れた。さらに、魔方陣を通して向こう側の景色が徐々に変わり出す。うっすらと映し出されているのは……ナギさんだ！　呆気にとられていると、向こう側のナギさんがオレに気付いてどんどん魔方陣に近づいてくる。ど、どうするの？

「ユータ、ヤットヨンダナ。マッテイタゾ」

なんと、ナギさんがそのまま魔方陣をすり抜けるようにして飛び出してきた！　ななな、なにこれ！　なんかすごい魔法じゃないの!?

「ナ、ナギさんっ！　これ、すごいものじゃないの!?　オレ、持ってたらダメだよ！」

「ウム？　タシカニ　コレハ、シホウ《至宝》ノヒトツ。ダガ、シマッテオイテモ　イミガナイモノダ」

「でも！　でも……オレ、ナギさんと遊ぶときに使うぐらいだよ⁉」

「ソレデヨイ！　オヌシハ　アクヨウセヌ。ミコトワレヲツナグモノ、ソレデヨイノダ」

ナギさんは腰につけたポーチをごそごそすると、明らかにポーチより大きな袋を取り出した。

収納ポーチだ！　それも多分結構いいやつ。

「イツ　ヨバレテモイイヨウ、ツネニ　モチアルイテイタ」

渡されたそれを開けてみると……。

「こっ……これ！　これはっ⁉」

目を見開いてガバっと振り返ったオレに、ナギさんがビクっとした。

「ド、ドウシタ？　イニソワヌモノデアッタカ⁉」

そんなわけない！　オレはもう1度中身を見て、ぎゅうっと袋を抱きしめた。

「ナギさん！　ありがとう！　これがここにあったなんて！　とってもとっても嬉しい！　オレ、すごく海の人の国に行きたくなった！」

「ソ、ソウカ……ワレニハワカラヌガ、オヌシガヨロコブモノデ　ヨカッタ」

袋の中に入っていたのは、なんと乾燥昆布らしきもの！　それと、それと……これは……きっと、きっと鰹節《かつおぶし》！　魚の種類は違うだろうけど、板きれのようなものが入っていた。こうなると、あとどうしても欲しいものは……。

「あのね、黒っぽくてしおからい液体の調味料はない？」

「クロ……？　フム、クロクハナイガ……チャイロノエキタイナラ。サカナカラツクルモノダ」

うーんお醤油《しょうゆ》じゃないね。でも、魚醤《ぎょしょう》っぽい？　魚醤の味は知らないのだけど、それも味見してみたいな。

「そっか……お豆から作る黒い液体の調味料と、同じ豆から作る茶色いペーストの調味料も探してるんだ！　もし見かけることがあったら教えてね！」

「アイワカッタ！　ゼンリョクヲモッテ　チョウサシヨウ！」

「いい！　いいの！　見かけたら！　見かけたらだから！　どうしても必要なものじゃないの！」

「ソウカ……」

ちょっと残念そうなナギさんをなだめて、収納からお弁当を広げていく。カニの足もお皿に載せると、ナギさんが驚いた顔をした。海の人はカニを食べるらしいけど、陸の人が食べるのは初めて見たそうだ。オレは元々海の幸が好きだと言うと、とても嬉しそうな顔をしてくれた。

「リクノメシハ、ウマイナ！」

そうでしょう？　特にロクサレン家のごはんは美味しいんだよ！　1人でおつかいに行くオレのために、ジフたちが張り切って用意してくれたしね！　ナギさんは細く見えるけれど、裾《すそ》の開いた衣装からは、ぐっと引き締まった腹筋が見え隠れする。しっかりと鍛えた戦士の体だから、たくさん栄養が必要なのだろうか。みるみる減るお弁当に慌てて、オレの作った食事も追加しておいた。もりもり食べる様子は一緒に食べていて気持ちいいね。

ナギさんとたくさんお話ししながら、楽しく昼食を終えると、オレもそろそろ馬車の時間だ。

「ユータ、ソレヲ　カシテクレルカ？」

貝殻を出すと、ナギさんがそっと手を触れて魔力を流した。すると、来た時と同じように魔方陣が現れる。

「デハナ、ユータ、マタヨブトイイ。マッテイル。ウマイメシヲ　アリガトウ！」

言うが早いか身を翻したナギさんが魔方陣に飛び込んだ！　一瞬揺らめいた景色が掻き消されるように見えなくなると、そこに残ったのは水たまりだけだった。

「また遊ぼうね！」

オレは海に向かってにっこりすると、もらった袋を大切に収納にしまって、その場を後にした。

「あ、あの子！　ユータが来たわ。ガッターまで一緒ね！」

馬車まで戻ると、カレアの一家が既に馬車に乗って手を振っていた。ほどなくして残りの数名が乗り込むと、再び馬車が進み出す。さっきまでと違うのは、護衛の冒険者グループが降りて商人のおじさんが乗っていることぐらいだ。なんとここからの護衛はあの幼い冒険者4人組らしい……大丈夫？　それで緊張していたのか。

「大丈夫かね？　護衛が随分頼りないが……」

「大丈夫でさぁ！　ガッターまでの辛抱《しんぼう》です、すぐ着きますからねぇ。このへんは魔物は少ないんで滅多なことはないでさぁ」

御者さんとこそこそ話す商人のおじさん。まあ、不安に思うよね……命を預けるかもしれないんだから。幸いガッターまでの道のりはあと3分の1くらいだ。2時間もあれば着くようで、だからこそ御者さんもこの護衛で了承したんだろう。目の前に座って青い顔をしている少年を見上げる。こんな子どもが、命をかけて働かないといけないのか……。

「ねえ、オレ、ユータっていうの！　お兄さんたちはどうして冒険者になったの？」

「は、話しかけるな！　気が散るだろう！」

「ちょっと……余裕なさすぎ」

明らかに虚勢《きょせい》を張って大声を出した少年と、たしなめる少女。

「ごめんね、お仕事中なの。お姉さんとお話ししましょう。私たちは孤児院の卒業生なのよ。冒険者になれる年には卒業しなきゃいけないから、伝手《つて》がない子はみんなまず冒険者になるの」

4人の中でも年上らしい少女が優しく話してくれる。

「そうなの！　えらいね！」

「うふふ、ありがとう。かわいい子ね」

微笑んでオレを撫でてくれた手は、少し震えていた。そうか、年上だから……しっかりして見えるように頑張っているんだな、みんなを不安にさせないように。まだ中学生になるかならないかくらいの年で、他人の命の責任を負うなんて……せめてリラックスしてもらおうと、震える手をとった。

「オレ、1人で街まで行くの！　お手々つないでもいい？」

「あ……もちろん、いいわよ。………不思議ね、あなたといるとすごく楽になるわ」

震えの収まった少女は、花のような笑みを浮かべた。


だけど、変化は街まであと1時間というところで起きた。

オレはなぜか左手を冒険者のお姉さん、右手をカレアと繋ぐという両手に花状態になっている。カレアがお姉さんとして対抗心を燃やしたらしい。冒険者のお姉さんは微笑ましそうに、子ども向けのお話として、あろうことかロクサレンの天使伝説についてオレとカレアに語ってくれた……。

「天使様って本当にいるのね！　私も見たい！」

「ふふ、いるといいわね〜」

オレは恥ずかしいやら気まずいやらでいたたまれない。

「おい、あそこに何か群れているぞ！　大丈夫なのか？」

商人さんが前方の空を指して気忙《きぜわ》しげに御者さんに尋ねている。そこには確かにカラスかカモメほどの大きさの鳥が群れて飛んでいるけど、魔物ではないし海側だ。

「何か打ち上がったんでしょうや。あんだけ鳥がたかってるなら死んだやつなんで大丈夫でさ」

「ふん、そうだといいが」

商人さんも手を繋いだ方がいいかもしれない。不安が募《つの》ってイライラしているようだ。

ん……？

しばらくして鳥の群れを横目に通り過ぎようとした頃、レーダーに引っ掛かる反応……！

海沿いの岸壁、そのかなり下の方に、数匹の魔物がいる……そして、明らかに馬車の音を聞きつけて動き出している……!?　どうしよう？　どうやって知らせたらいい!?

「ねえねえ！　あそこになにかいるよ！　オレ怖い！　御者さん、はやく行って！」

精一杯の演技で頼むけど、御者さんはへえへえと言うばかりで相手にしてくれない。

「ユータくん、どうしたの？　何が怖いの？」

「あそこ！　あの下になにかいたの！」

一生懸命お姉さんに魔物の位置を知らせるが、岸壁の下など馬車から見えるはずもない。

――ユータ、虫なの。虫が来るの。前にも来ちゃうけどどうする？

どうやら魔物は虫っぽい生き物らしい。このままでは進行方向から1匹、後ろに5匹だ……！

（ラピス……どうしよう！　前に出てきそうなヤツだけ、見えないうちに落としてくれる？

バレないように！）

――いいよ！　でももう後ろのは出てきちゃうよ？

ドドン！

ラピスが飛んでいくと同時に、派手な音がして馬車内が騒然《そうぜん》とする。ラピス……バレないようにって言ったのに。でもお陰で異常事態だと気付いた御者がスピードを上げた。

「なんだっ？　何があった⁉」

「キャー！」

どうしよう、馬車内は若い冒険者の胸ぐらを掴んで怒鳴り散らす商人さんや、大声を上げる冒険者、悲鳴を上げるカレアに泣き出す赤ん坊……みんなパニックで、もう滅茶苦茶だ。

「う、うわあ！　逃げろ！　もっと早く‼」

「ウ、ウミワジッ⁉　なんでっ⁉」

目を血走らせて岸壁を見つめていた若い冒険者が、ついに魔物の姿を捉えた。岸壁を上りきって追いすがってくるそれは、自転車サイズのダンゴムシにゲジゲジの足をくっつけたような、巨大な虫だった。若い冒険者の恐怖の表情を見るに、彼らが勝てる相手ではないらしい。

馬は嘶くと、命令されるまでもなく必死に走って引き離す！　大丈夫……これなら逃げ切れる！　遠くなっていく虫の姿に、少し馬車内が落ち着いた時……。

ガタン！

馬車が大きく跳ねた。軽いオレが馬車から吹っ飛ばされて宙を舞う。くるりと空中で体勢を整えて振り返りざまに他の人の無事を確認する……よし、カレアは泣いて父親にしがみついていたから無事だ。次の瞬間、目を見開いた。ああっ！　赤ん坊が！　オレは着地と同時に赤ん坊の元へ走る！　ふわりと風に乗せて衝撃を和《やわ》らげながら、スライディングキャッチ！　オレは腕の中の赤ん坊が元気に泣いているのを見て、ホッと息を吐いた。

「ユータくん！　早く戻って!!」

飛び出してきたお姉さんに放り込まれるように馬車に乗せられると、涙で声の出ない母親が何度も何度も頭を下げてくれた。

「くそっ！　くそっ!!　何をしてる!!」

だらだらと汗を掻いた商人さんが、震える手で何か取り出すと、見事な投擲《とうてき》を見せた。迫ってくる虫たちの前に落ちたそれは、ドン、と軽い爆発音をさせて炎の絨毯を広げる。わあ、魔法の爆弾？　強力な火炎瓶みたいだ。炎の向こうで虫たちのキィキィ言う声が聞こえる。

「ちくしょう！」

「あっ？　待て!!　離れるな！」

商人さんはもう1度魔法の爆弾を投げると、突然馬車を飛び降りて逃げ出した。馬車を囮《おとり》に、1人なら逃げられると考えたようだ。でもそうされるとオレが商人さん守れなくなるから！

追いすがる護衛の冒険者さんを振り切って逃げる商人さん。

（ラピス！　あの人、転ばせて！　離れられたら困る！）

「きゅ！」

追いかける冒険者の前で、商人さんが……きりもみ回転して吹っ飛んだ。ラピス！　やりすぎ！

一瞬呆気にとられた冒険者が、気を失った商人さんを引きずって帰ってくる。でも、馬車はまだ動かない……広がった炎はやがて消え、虫たちがそろそろと前へ進み出した。悲鳴と怒号を上げる人たちを掻き分けて前へ行くと、御者さんが泣きそうな顔で馬を起こそうとしていた。

「くそっ！　頼む！　頼むから頑張ってくれ！」

どうやらさっきの衝撃で、馬の1頭が怪我をしたようだ。

「御者さん、どいて！　オレ回復薬もってる！」

馬なんだから人よりたくさん使うだろうと、小瓶の水を３本ぐらいぶちまけて回復魔法をかける。嘶きと共に馬が起き上がると、キスせんばかりに御者さんが喜び、馬車に飛び乗った。

「出すぞ‼」

軋みながら馬車は動き出したが、そうそうすぐにスピードは出ない……。

「きゃああ！」

炎を警戒しつつ徐々に迫ってくる巨大な虫に、母親が悲鳴を上げて赤ん坊を抱きしめた。これじゃ間に合わない……どうしよう、オレが出ていくしかない？

その時、お姉さんが静かな瞳でじっと赤ん坊とカレアを見て、そしてオレを見て、手に何かを握らせた。首を傾げたオレに、にこっと笑ったお姉さんが言った。

「これ、天使様のお守り。実はね、私の友達は本物の天使様に助けてもらったのよ。タータって言うんだけど、その子にこれを返してほしいの。私の名前はルビー、お願いね？」

お姉さんは怯える仲間の冒険者を振り返ると、強い声で言った。

「いい、この子たちを守るのよ！　しっかりしなさい！　あなたたちの方が長く生きているのよ！」

「おい、ルビー⁉」

お姉さんは身を翻すと、徐々にスピードの上がる馬車から飛び降りた……。

「キャー！　誰か！　女の子が!!」

飛び降りたルビーさんに気付いて、母親が悲鳴を上げる。

「構わないで！　行ってちょうだい!!　ユータくん！　前を向いてなさい!!」

「あぁっ！　ルビーー!!」

＊＊＊＊＊

冒険者仲間の悲痛な叫び声が遠ざかる中、ルビーは眼前に迫る虫に対峙《たいじ》した。ウミワジ……こんなのがいるなんて、なんて運が悪いんだろう。私には、倒せない……でも、食いでのない体でも、時間は稼げるだろう。上手くいけば馬車は逃げ切れるはず。確実な死に向かってなお、不思議なほど心は静かだった。

（一太刀《ひとたち》ぐらい、浴びせられるかな。せめて足の1本ぐらい、持っていきたいよ）

脳裏《のうり》に幼馴染《おさななじみ》の姿が浮かんだ。奇跡の生還を遂げて、天使伝説の生き証人になった彼。器用な彼は、木彫りの天使像を作ってくれた。手作りのそれをお守りだと言い張るのは可笑しかったけれど、その目は真剣そのもので。

「もし、本当に天使様がいるのなら……あの子たちを守ってちょうだい!!」

1匹目の体当たりをなんとか避けて、ルビーは剣を振り下ろした……。

＊＊＊＊＊

「いや！　いやよ！　天使様ぁ！　助けてー!!　お姉ちゃんが……お姉ちゃんが!!」

カレアが泣きながら叫んだ。オレもハッとして声を上げる。

「天使様！　天使様!!　お姉さんを助けてー!!」

オレとカレアの声に呼応するように、フッと空が陰ったと思った瞬間、
ドガガアアン!!

目も眩《くら》む閃光《せんこう》と共に、すさまじい大音量が響いた。パニックを起こした馬が暴れて、馬車もろとも転倒する。ええい！　これも天使のお陰！　オレはふかふかの土を盛り上げて、横倒しになる馬と馬車を受け止める！　柔らかな小山に半分埋まるようにして、馬車が止まった。

「い、一体何が……!?」

カレアと母親、赤ん坊をまとめて抱きしめていた父親が、呆然と後方を見やった。

「魔物……魔物は!?」

「る、ルビー……？」

馬車の後方、虫がいたであろう場所には、黒く焦げた焦土《しょうど》が広がっていた。中心部はまるでクレーターだ。みんな怪我はなかったようで、一様に呆然と馬車の後方を見つめている……。

「そんな……ルビー！　ルビー姉!!」

我に返った冒険者の仲間が焦土と化した場所へ駆け出した。オレたちも思わずあとを追う。

「こ、これは……？」

真っ黒なクレーターに、虫の姿は跡形もない。ただ、まるで場違いな光の半球が輝いていた。

少年が恐る恐る近づくと、半球はその形を崩し、ひらひらとほどけて空へ還《かえ》っていった。

「これ……チョウチョ？」

父親に抱かれたカレアが、空に手を伸ばした。

「光のチョウチョ……天使様のチョウチョだ！　天使様!!　お姉ちゃんを助けてくれたのね！」

半ば確信し、安堵の表情で笑う姿に、皆も固唾を飲んでその光景を見つめていた。はたして、光の半球がほどけたあとに残ったのは、焼け焦げや血の染みひとつないルビーさんの姿。

「まさか、まさか……本当に？」

「生きてる？　生きてるのか!?」

少年たちが、ついに泣きながら縋りついた。

「起きてよ！　ルビー姉!!」

「ルビー姉!!」

泣きじゃくる少年たちは虚勢を張っていた外面《そとづら》を脱ぎ捨てて、随分と幼く見えた。乱暴に揺すられて、ルビーさんの眉間《みけん》に皺《しわ》が寄る。次いで大きく瞳が開かれ、がばっと飛び起きた。

「えっ？　あれ……ウミワジは？　なに？　どうなったの？」

「お姉ちゃん！　天使様だよ!!　天使様が助けてくれたの！」

興奮して真っ赤な顔のカレアが、ルビーさんに飛びついた。

「私とユータが天使様におねがいしたの！　本当に助けてくれた！　光のチョウチョだよ！」

「うそ……」

ルビーさんは呆然としながら、縋りつく少年たちを抱きしめた。

よかった……オレは密かに胸を撫で下ろす。ラピスは一応避けるつもりとは言っていたけど、あの雷撃の威力を少しでも浴びたら人間なんてひとたまりもない。これでも絞ったらしいけど、虫がいた範囲の実に2倍は黒焦げになっている。生命魔法ＭＡＸの『回復蝶々防御壁』でなんとかなったみたいだ。

――だって、これが一番早いの。ユータはとにかく早くって言ったの。上手くいったからいいの。

オレの呆れた視線に気付いたラピスが、ちょっとむくれて言い訳している。カレアが叫んでくれたことで、全部天使様のお陰にできたし、よかったよかった。これなら隠密さんにもオレが魔法を使ったのはバレていないだろう。

「……って……え？　上手くいかないかもしれなかったの!?」

ラピスが、しまったと顔を逸らす。ラピス曰く、生命魔法飽和水を撒《ま》いて、そこにオレの魔法を発動させれば、離れた場所にも回復の蝶々を出現させられるって……。上手くいったからよかったけど……今さらながら危ない橋を渡ったのだと冷や汗をかいた。

その後は特にトラブルもなく、馬車内はルビー姉さんと天使様の話題で持ち切りだ。オレも赤ん坊を助けたことで、カレアの両親に何度も頭を下げられた。まぐれだからとお礼の品は丁寧にお断りしたよ。ああ、ずっと気絶していた商人さんが途中で起きて大騒ぎするハプニングはあったけど……。商人さんは、夢から覚めたように全員に商品の保存食を配ってお詫びしていた。同乗者がよい人でなければ、気絶した自分がエサにされていたであろうことを重々承知しているんだろうね。ルビーさんや連れ帰ってくれた冒険者にも何度もお礼を言っていた。

やがて、念願の街が見えたところで乗客から歓声が上がった。

「ルビーお姉さん、守ってくれてありがとう！　お守り、返すね？」

馬車の待合所へ無事に到着したところで、まずはルビーさんに駆け寄った。

「あっ……ありがとう。でも、守ってくれたのは私じゃなくて天使様よ？」

「ううん！　ルビーお姉さんがいなかったら、きっと天使様も助けに来てはくれなかったよ」

「そうとも！　君の献身《けんしん》と勇気に、天使様が応《こた》えたに違いない。君は勇敢《ゆうかん》な人だ。ありがとう」

カレアの父親が握手を求め、次々と乗客に囲まれて、ルビーさんは困った様子で赤い顔をしていた。

「ユータ、またね！」

「カレアお姉ちゃん、ばいばい！」

手を振って、さあ馬車から離れようとしたところで、今度は商人さんに呼び止められた。

「その、君も済まなかったね。取り乱してしまって、みっともないところを見せたよ。たくさん回復薬を使ったと聞いた。ご両親が持たせてくれたものだろう？　申し訳ない。私は小商《こあきな》いで、回復薬を扱っていないんだが、大店《おおだな》のダンナに話を通しておくから、ハイカリクに行った時に受け取ってくれないか。色々と融通を利かせてもらうようにするよ」

何か書きつけたものをオレに渡そうとするのを押しとどめる。

「ううん、たくさん持たせてもらったから大丈夫！　危なかったらいくらでも使いなさいって」

「そうか……いいご両親だね。しかし、これは受け取ってくれ。謝罪の形だと思って」

こんな幼児に丁寧に対応してくれるあたり、本当にあの時はパニックだったのだろう。頑《かたく》なな態度に、仕方なく受け取っておく。

「……その、私は街に子どもがいてね、今日久しぶりに帰る約束だったんだよ。欲しがってたものがやっと手に入ったんだ、どうしても帰って渡したくて……」

商人さんは、きれいに包まれた小箱を見せてくれた。

「そう……きっと無事にかえってくれてよろこぶよ！　でもね、子どもは馬車の中にもいたんだよ？　あの子たちがいなくなったら、とてもかなしいと思うよ？」

「……そうか、そうだな。私はあの中で一番、年上……か。私は、子どもを……」

俯《うつむ》いた商人さんの手をとって少し魔力を流す。十分反省してくれているんだね。

「でも、天使様のおかげでみんな無事だったもん！　もう大丈夫だよ。オレからもプレゼント、これクッキーっていうお菓子なの。とっても美味しいよ！　みんなで食べてね？」

クッキーの入った小袋を押しつけてにっこり笑うと、商人さんは情けない顔で微笑んだ。

「えーと……ここだね」

馬車から離れてメインストリートを歩いていると、一番目立つところにドンと貴族用の宿が建っていた。宿は必ずここを使うように言われているので、躊躇《ちゅうちょ》なく足を踏み入れる。

「ようこそお越し下さいまし、た……？」

受付さんが幼児1人の入店に首を傾げて、オレの背後を探している。

「オレ1人なの。おつかいで、1人できたの。はい、これ！」

言われたように手紙を渡すと、受付さんはさっと目を通して深々と頭を下げた。

「失礼致しました、ロクサレン家ユータ様ですね。どうぞこちらへ」

部屋の指定までしてあったのか、そのまま部屋まで案内してくれた。ふかふかのベッドに体を投げ出してホッと一息。ここまで至れり尽くせりされちゃったら、おつかい成功って言えるんだろうか……？

あ……そうだ、無事に宿に入ったことを知らせなくちゃ。ふかふかした絨毯に足をとられながら、表に面した窓を開けてきょろきょろと街並みを見回して……えーと、あそこだ！　姿は隠れて見えないけど、無事だよ！　っていう意味を込めて笑顔で手を振っておいた。

しかしこの隠密さん、本当に出てきてくれない……オレが助かるなら他はどうでもいいみたい……。ラピスにこそっと見てきてもらうと、知らない男性だった。確か、知っている人だと情に流されてしまうから、ロクサレン家に忠実でオレを知らない人だって言ってたね。

＊＊＊＊

「父上！　ちょっと落ち着いて下さい！　鬱陶《うっとう》しいです！」

窓から覗くと、椅子に座ったり立ったりぐるぐる歩いたり、まるでじっとしていないカロルスがいた。ひとつため息を吐くと、姿を見せてやる。

「よう、帰ったぞ」

「お前っ！　それで！　ユータは⁉」

胸ぐらを掴んで壁に叩きつけられ、思わずむせる。この馬鹿力が！

「離せ！　……ったく、どんだけ心配症なんだよ。あれは拾い子なんだろ？」

「その言い方はよせ！　お前だってあいつに会えば分かるぞ」

そうかねえ……ちょっと見目のいい子どもじゃねえの？　ま、俺には関係ないことだ。どかっと椅子に座ると、勿体ぶって部屋を見回す。よし、エリーシャとマリーはいないな。

「で、報告だけどよ。無事に宿に着いたぜ。問題は掃《は》いて捨てるほどあったが、無事だ」

「とりあえず無事か……それで？　問題ってなんだ？」

「スモオーク‼」

ドカンと開いたドアが吹っ飛んできて、咄嗟に避ける俺とグレイ、受け止めるカロルス。

「エリーシャ！　ドアを壊すな！」

カロルスが怒っているが、聞いちゃいない。

「スモーク⁉　ユータちゃんは⁉」

「う……だから今話してるところだって……。落ち着けよ」

詰め寄られてじりじりと壁際《かべぎわ》に追い詰められる。泣きはらした目、ふわりと漂ういい香り。だらだらと汗を垂らしながら、俺は必死に説明した。


「――とまあ、大きなトラブルはこれだな。それで、天使伝説ってなんだ？　マジもんなのか⁇　スゲー魔法だったぞ？　もしかしてグレイがついてきてんのかと思ったぜ」

「ああー無事でよかったけど！　よかったけど！」

「なんであいつはこうトラブルに見舞われるかねぇ……」

「ユータちゃんは無事なのね！　マリーに知らせてこなくちゃ！」

竜巻のように去っていくエリーシャ。目の前の圧がなくなって、俺はホッと息を吐く。

「お前、まだ女がダメなのか……」

「うるせえ！　それで？　アイツは何モンなんだ？　身のこなしが普通じゃねえ……」

「まあ、俺らが総出で鍛えてるからな！　お前も元仲間のよしみだ！　一緒にユータを鍛えるか？」

「そんなめんどくせえことするか！」

いくらAランクが鍛えたからって、幼児があんな風になるか？　それに、あんなに心配していたヤツらだが、天使伝説とやらもスゲー魔法のことも大して驚きもしない。

「ああ、あと女の海人はお前らの知り合いか？」

「なんだって？」

「海人だ。親しそうだったが？　アイツ、海人の『絆《きずな》の契《ちぎ》り』持ってやがったぞ」

「……聞いてないぞ……。ユータ……」

カロルスが、がっくりと肩を落とし、グレイはやれやれと首を振っている。

「あとな、魔法が使えるとは聞いた。聞いたが、あれはなんだ！　海の上に休憩所作って飯食ってやがったぞ！　お前ら、何隠してる？　それだけじゃねえ……なあ、俺がアイツを見張るのに隠密行動する意味あるのか？　あの野郎……俺の位置を把握してやがる！　危なくなったら俺の方見やがるし、宿に着いたらわざわざ窓開けて俺に手ぇ振りやがった！」

「あー……」

今度はばつが悪そうに目を逸らすカロルス。さあ、答えてもらおうか？

「ユータ、君ってやつは……隠密のことを言っておいたのはまずかったかな。でも言わないとラピスが……。何はともあれ、やっぱりスモークさんに頼んで正解だったね！　色々とバレッバレだよ」

「……なんの話だ？」

「まあまあ、せっかくここに昔馴染みが揃ったんです、今日はゆっくり語り合いましょうか」

「俺、明日もアイツ見張りに行かなきゃいけねえんだけど……」

まあいい、アイツの秘密も聞き出す必要があるし……ま、久しぶりだしな。

＊＊＊＊＊

「ラピス、ティア！　おはよう～！」

さて、今日はお手紙を届けたら、午後まで自由行動できるんだよ！　早く帰ってきてもいいのよって言われたけど、ごめんね、せっかくなのであちこち見て回りたいよ。

いいお天気の中、ギルドを探してスキップるんるんで街を散策する。きっとメインストリートにあるだろうとの予想通り、ほどなくしてギルドの看板を見つけた。

「おはようございます！　これ、あずかってきました！　おねがいします！」

「あら、ぼうや1人で？　えらいわねぇ～」

受付のお姉さんがにこにこして頭を撫でてくれた。これでオレの任務はほぼ終了だ！　あとは無事に帰るだけ。フェアリーサークルを使えば一瞬なんだけどね。

せっかく来たので、ギルドの依頼書なるものを読んでみた。依頼書は新しいものや期限の近いものなどは貼り出されて、それ以外のものは棚に仕分けして収納されていた。新しい依頼書で残っているのは人気のない依頼なんだろう……遠い場所まで何かを採りに行ってほしいとか、お掃除とかは人気がないみたい。護衛は結構人気のある仕事なんだね〜その棚にはほとんど用紙が残っていない。日々の乗合馬車の護衛はいちいち依頼は出されず、その日馬車に乗る冒険者との交渉になるみたいだね。護衛なしで行く時もまあるみたい……御者さんって命がけだ。

さて、と振り返ったところで目が合った。ギルドのテーブルを囲んだ、女性と冒険者風の少年2人、真剣な瞳でこちらを凝視するのは、少年のうちの1人。

「……天使？」

小さく呟くのを聞いて、思い出した。もしかして、あのゴブリンの時の少年だろうか？　この街出身だったのか……あらあら元気になって……なんて思いが込み上げて、にっこり笑いかけた。

「!?」

「お前、なんだよいきなり、ナンパか？」

真っ赤な顔をした少年が、からかわれてさらに赤くなる。

「ち、違うっ！　あの時の天使に似てるって、そう思って……！」

「そんなこと言って、お前、顔見てなかったんだろ？」

あの時見られていたなんて知らなかったけど、顔を見られてないならいいよね！　このくらいの背丈の幼児なんていくらでもいるし、光ってたから髪の色も分からなかったろうし。

「こんにちは！　お兄さんたちも、冒険者なの？」

「お、おう。そうとも！　俺らはEランクなんだぜ？」

一緒にいたそばかす顔の少年が得意げに言うけれど、オレにはそのランクがすごいのかどうかサッパリ分からない。

「あはは っ！　あんた何こんなおちびちゃん相手にカッコつけてんだよ！　まだ分かんないって！　いくら美人だからって、こんなちびちゃんにいっぱしの男ぶっちゃってまあ！」

豪快に笑うのは日に焼けた大人の女性。なんというか、全体的に豊満な女性だ。

「オレ、美人じゃないよ、男の子だよ？」

明らかに女性に向けたであろう言葉に少しむくれる。最近は間違われなくなったのに……。

「おや、そうかい！　勿体ないねぇ！」

「お姉さんも冒険者？」

「お姉さんだって！　聞いたかい？　育ちのいい子は違うねぇ！　おちびちゃん、あたしはここの食堂の責任者だよ！　この子らの仲間が昨日ウミワジに襲われたってんで、話を聞いてたのさ」

ウミワジって、昨日の虫だ。オレも聞きたいと駄々《だだ》をこねたら、豊満な女性がひょいと持ち上げて、なぜか少年の膝に乗せた。カロルス様と比べると随分と小さくて骨張った足だ。気の毒な少年がピシリと固まるのを見て、女性が腹を抱えて笑っている。

「……おりる？」

ガチガチの少年を気遣《きづか》って見上げたのだけど、ぶんぶんと首を振ったので、それならまあいいかと、オレは力を抜いた。

「で、結局その子はなんで無事だったのさ？　馬車はどうなったんだい？」

「だから、天使様のお力で一発だったたって！　それでルビーも無事、馬車も無事なんだよ」

やっぱり昨日の話だ。この少年は年頃も似ているし、ルビーさんの仲間なのかな？　もしかしてタータさん？

「ホントかねぇ……天使様だなんて。馬車に凄腕《すごうで》が乗っていてこっそり助けたんだろう？」

あ、そっちに話を持っていかれると非常に困る。これはあくまで天使様のお陰ってことにしておいてほしい。

「あのね、オレきのう、その馬車にのってたよ。天使様においのりしたんだよ」

「なんだって⁉　君、もしかしてユータ？」

「うん！　お兄さんがタータさん？」

少年は目をぱちくりさせて頷いた。やっぱりそうだったんだ！

３人に詰め寄られ、オレは天使様マシマシで、昨日の出来事を大いに盛って話してあげた。

「なんていい子だよぉ……っ！　ルビーぢゃんん……！」

女性が大泣きしてしまった……少年たちも鼻をすすっている。うん、ルビーさんは本当にすごい人だよ、もっとみんなに知られていいと思うよ。

「ユータ、ありがとう。あいつ、そんなこと何も言いやがらなかった！」

「天使様のお守り、タータさんがあげたんでしょう？　タータさんに返してねって、あの時預かったの。ちゃんとルビー姉さんに返して、それでタータさんのこと分かったの」

「あいつっ……！」

タータさんは乱暴に袖《そで》で目元を拭った。

「でも、ウミワジってなんで出てきたんだ？　あのへんに魔物はあまりいないって聞いたぞ？」

確かにあんな危ない魔物がいる場所なら、形ばかりの護衛なんて使わずにもっと戦える護衛を雇っていただろうに。

「ああ、ギルドの調査が入ったよ。なんでもクザラが打ち上げられてたらしいじゃないか、そこにくっついていたんだろうって話だよ」

なんでもクザラっていうのは沖合の海に住むくじらみたいな大型の魚で、ウミワジがよく寄生してくっついているそう。そんな不幸な偶然に居合わせたのか……。

オレは話を聞かせてくれたお兄さんたちにお礼を言って、ギルドを出ると、ぶらぶらと通りを歩いた。そうだ、この機会に外に出てみたらどうかな？　普段は危ないからって行けないもの！　そう思いついてワクワクしながら門まで行ったんだけど……。

「だーめ！　大人の人と一緒じゃないと出られません！」

ダメだった……門番さんに通してもらえなくて、すごすごと戻ってくる羽目になった。3歳だもんねぇ……仕方ないか。そういえばもうすぐお昼だけど、ごはんはオレ1人で？　隠密さんも一緒に食べるかな？　ふと隠密さんの様子を探ってみたら、隠密さん……なんだか疲れている？　体調が悪そうな気がする。昨日まではもっとシュパッ！　シュパッ！　って移動してたと思うんだけど、普通にてくてく歩いてついてきている感じだ。そして時々蹲ったりするので、ちょくちょく待ってあげないといけない。具合が悪いなら休んでいればいいのに。

＊＊＊＊＊

「きゅっ!」

ゴツッ!

「いてっ!　なっ……!?」

ガンガンする額を物陰で揉《も》んでいたら、突然硬いもので肩を殴られた。何者!?　と顔を上げると、目の前に迫った小瓶。慌ててキャッチすると、瓶の向こうに小さな生き物が見えた。

「これが……ラピスってやつか?」

やばいな、コイツ。俺に気付かれずに接近して一撃入れやがったな。……断じて二日酔いのせいじゃないとも。そいつは視線をやると、ぽんっと消えてしまった。なんだったんだ?　思わずキャッチした小瓶を見ると、「おつかれさまです、回復薬どうぞ」と子どもの字で書いてある。それを見て、思わず気が抜けて蹲った。くっそ……なんなんだよ、あの野郎!!

こんなもんいるか!　と投げつけてやろうかと思ったが、途端にまた込み上げる嘔吐感《おうとかん》に、半ばヤケになって小瓶の中身を飲み干した。酒で舌もやられたか、苦くねえな。俺は小瓶の字を見つめて、確かに楽になった体に舌打ちした。

＊＊＊＊＊

うん、隠密さん調子よくなったみたいでよかった。

――でも、なんだか怒ってるの。たぶん一緒にごはんは食べないの。

「そうなの？　じゃあ３人でどこかで食べようか！」

「きゅ！」「ピピッ！」

肩でポフポフと跳び跳ねる軽い気配。ふふ、そんなに動くと見つかっちゃうよ？

「あれっ？　ユータだ！」

1人でレストランみたいなところには行きづらそうなので、屋台の集まる場所を探して歩いていたら、突然名前を呼ばれた。振り返ると、赤ん坊を抱いたカレアちゃんがいた。

「あれっ？　カレアお姉ちゃん！　どうしたの？」

「ユータこそどうしたのよ！　私はお店のおてつだいしてるのよ！」

そうか、カレアちゃんはガッターに住んでいるんだな。指差す方を見ると、簡易テントでカレアちゃんの両親が何か販売しているようだ。

「えっ！　ユータちゃん、ずっと1人でこの街に？　大丈夫？　帰れる？」

元気に挨拶すると、もしかして迷子になったのか？　と、とても心配されてしまった。

どうやらカレアちゃんの両親はポルクを焼いたものを販売しているようで、今はお昼どきに向けて慌ただしい準備の最中みたい。

「カレアお姉ちゃんはお昼ごはん、お店のポルクをたべるの？」

「そうよ！　うちのポルク焼きはおいしいの！　……飽きちゃったのはちょっとだけだから！」

ふふ、カレアちゃんが一生懸命宣伝しているから、オレもここでお昼ごはんにしようかな？　準備まで少しかかるようだし、その間に他のものでも買っておこうかな。

ぶらぶらして戻ってくると、お店がオープンしたようだ。さっそく購入しようと声をかけたんだけど……。

「あら、ユータちゃんはいいのよ？　ほら、こっちにおいで」

あれよあれよと、テント内に押し込まれてしまった。

「えっ……でも……」

「遠慮することないよ、どうせ売れ残る分があるし、カレアもお友達がいる方が喜ぶから」

おや……それは、オレここにいなきゃいけないってこと？　うーむ、もっと街歩きしたいけど……。ただ、目の前で嬉しそうに瞳をキラキラさせるカレアちゃんを見ると、ご馳走《ちそう》になっておいて放置して遊びに行くのも気が引ける。

「ほら！　これがうちのポルク焼きよ」

簡素なテーブルにつくと、カレアちゃんがお皿に盛られたお肉をこちらへ押しやった。美味しそうだが、さすがに飽き飽きしているんだろう。ここはオレがひと工夫してあげよう！

「ママ！　パパー！　これ、美味しい！　これすっごく美味しい！」

カレアちゃんが興奮して飛び出していってしまった。お肉だけ食べるから飽きるんだよね、だからさっきパンを買っておいたんだ！　お肉は食べやすく切って、お野菜は以前買ったのがあるから、彩りよくたくさん挟んだよ！　ちゃんとバランスよく食べようね。

「ユータくん！　これ、うちのお肉……？　うちのお肉かい!?」

「ちょっとパパ！　それカレアの！　カレアのよ！」

オレも食べようとしたところで、ズザッと現れたパパさんにビクッとする。

「これ、すっごく美味しい……店でこんな風に販売する許可をもらえないだろうか？　ユータくんのところもこうやって売ってるのかい？」

「ううん、その、お野菜挟んだだけだよ……？　どうぞ？」

「ありがとう！　よし！　ちょっと買い出しに行ってくるぞ！」

「パパ！　返して！　それカレアの！」

2人は竜巻のように去っていった……。カレアちゃん……まだあるから大丈夫だよ。

「ユータくん！　その間に作り方を教えてちょうだい!!」

かぶりつこうと口を開けたところで、今度はママさんがズザッと滑り込んできた。

あの……オレのごはん……。


「おいしー！　これ美味しいよー！」

カレアちゃんが小さなお口をめいっぱい開けて大きなバゲットサンドにかぶりつく。ボロボロとかけらをこぼしつつ、ザクッと噛み切られたバゲット、シャキシャキとした小気味いい音を立てるお野菜、滴《したた》る肉汁にお店から漂うお肉のいい香り。ほっぺを赤くしてもりもり食べている姿は、なんとも美味しそうだ。小動物の食べる仕草が妙に美味しそうに見えるのに似ているかもしれない。

結局、作り方からバランスよく食べる必要性まで指導することになり……そうこうするうちに外で試作品をひたすら食べていたカレアちゃんを見て、あれをくれと言う人が集まって……。

「はいはい！　栄養満点！　体にいいよ～並んで下さいね～順番にお願いしますよ！」

「俺が先に並んだんだぞ！」

「てめえ！　俺が先だ！　俺はDランクだぞ！」

押すな押すなの大騒ぎになってしまった。冒険者が多いので荒っぽい人もいて……。

「てめえのどこがDランクだ！」

「なんだとこの野郎！」

簡単な挑発で簡単にケンカしてしまう荒くれたち。とても大人とは思えない人たちだ。もしかして栄養が偏っているからこんなにイラつきやすいのかも、なんて思いつつ、割って入る。

殴りかかった拳《こぶし》を受け流されて、たたらを踏んだ冒険者がオレを見て目をぱちくりさせる。

拳は触っても切れないから、素手で受け流せて楽だ。これって剣の訓練と体術の訓練、ラピスの訓練の合わせ技だね！

「ぼーけんしゃさん、おなかしゅいて　おこってるの？　はやくならばないと、かえなくなっちゃうよ？　はい、あーん」

ちょっと恥ずかしい思いをしつつ、わざと幼い口調で2人の口に、カットしたバゲットサンドを少し放り込む。

「う……うめえ!?」

2人は一瞬顔を見合わせると、サッと列に並んだ。

「パンに野菜と肉を挟むだけで、なんて美味いんだ！　卵が味をまろやかに包み込んで……」

「なに？　卵？　そんなもん入ってなかったぞ？　チーズだ、チーズの塩気が味を引きしめて……」

「チーズだと!?　そんなもん入って……」

「『……まさか、中身が違うだと⁉』」

おや、２人は意気投合したようだ。もちろんバゲットサンドは１種類じゃないよ。お店で出すなら、ある程度種類がないとね？　とはいえ元々お肉がメインなんだし、今日すぐにメニューを増やすのは無理だから、お肉と野菜にプラスαの部分で多少変えているだけだ。なぜか仲よくなったらしい２人が、違うメニューを頼んで半分こしようなんて相談しているのを微笑ましく眺めていると、遠くから声がする。

「うん？　黒髪のちびっこ……あれ、ユータじゃねえ？」

「あっ！　そうだよ！　おーーい！　ユータ！」

今日はよく呼ばれる日だ。振り返ると、手を振りながら走ってくる２人。そして遅れてついてくる小柄な１人。なんだかいつか見た光景だ。

「わあ！　ニース！　ルッコ！　リリアナー！」

懐かしい３人の姿に、駆け寄って飛びついた。

「よう！　久しぶりだなあ！　なんでここにいるんだ？」

「ニースたちこそ！　ハイカリクにいるんじゃなかったの？」

確か、一旦ガッターに寄るけどハイカリクに行くって話だったはずだ。頬ずりするルッコにされるがままになりながら話を聞くと、ハイカリクには戻ったけど依頼の都合でまたこちらに来たらしい。なんでも、Dランクでそこそこ満足していたけれど、カロルス様の話を聞いて感化されたようで、積極的に依頼を受けてランクアップを目指しているらしい。

「そうなんだ！　いっぱいお仕事して強くなった？」

「まあな！　でもよ、この間ハイカリクのとこですげー戦闘があったらしいんだよ！　戦ってる姿を見たやつがいてよ！　上級の冒険者だって話だ。その痕跡《こんせき》だけでもすげーもんでよ……俺たちはまだまだだって思ったぜ」

「えー！　オレも見たかった！　どんな冒険者なの!?」

「それが、噂はバラバラでよ、貴族風のとびっきりの美人だとか、クールな執事風の男だとか、王子様みたいな美青年だとか、はたまた逞しくてワイルドな冒険者だったとか…」

「……」

オレ、それにピッタリ当てはまる人たち知ってる。

「……ねえ、戦ったのって、もしかしてゴブリンイーター？」

「おう！　お前も知ってたか。すげーだろ？　1人で倒したんだってよ！」

「……うん、1人1体倒してた」

「1人1体？　複数いたのか？　なんで知ってんだ？　……うん？　逞しくてワイルドな冒険者と、美人な貴族の女、美青年、クールな執事。……Aランク冒険者」

ニースの中で、パズルのピースがピタッと嵌まったようだ。

「うおおお!!　マジ？　あれカロルス様なのかっ!?　本物だ！　本物のAランクだ！」

ニースが大興奮して暴れて、ルッコに取り押さえられている。

「本物のAランクと、あたしたち会ってたのね……感動だわ。……あら？　ところでリリアナは？」

「あ！　あんなところに」

ちゃっかりバゲットサンドの列に並んで、もうすぐ買おうとしているリリアナを見つける。

「ユータがいて、店が繁盛している。導き出される答えは……うまいもの」

悟ったような顔で言うリリアナに悔しがる2人が、慌てて最後尾に並ぶ。すごい人気になっちゃったから、1人1個までと個数制限しているんだ。

「ところでよ、そのカロルス様は？　一緒に来てるんだろ？」

美味しそうにでっかいバゲットサンドを頬張るリリアナを横目に、ジリジリしながら列に並んでいる2人。

「ううん！　オレは1人でおつかいに来てるんだよ！　1人で生活する練習なの」

「えっ？　1人で？　大丈夫なの？　随分厳しいのね……どうしてそんな練習がいるの？」

驚く2人に学校のことを話すと、これにも随分驚かれて、喜ばれた。ハイカリクでまた会えるなってニカッと笑うニースに、オレも嬉しくなってにっこりした。

「それとね、1人だけど1人じゃないの。隠密さんがいてね、今も見守ってくれてるの」

「……隠密の場所、分かるの？」

「えっ？　うん、そりゃあわかるよ！」

「かわいそうな隠密……」

「苦労が偲《しの》ばれるぜ……」

やれやれとため息を吐いて首を振る2人に、ちょっとむくれる。オレ、苦労かけてないと思うけど？　順調におつかいを済ませて、あとは無事に馬車に乗って帰るだけで……。

馬車に乗って……。

「ああっ!?　馬車！」

まずい！　もう昼過ぎじゃない!?　馬車出ちゃうよ！

「みんな！　馬車に遅れちゃう！　またね!!」

「おっ？　おぅ……？」

大急ぎでお別れすると、まだまだ忙しそうなテント内にも声をかける。

「カレアお姉ちゃん！　ママさんパパさん！　馬車に遅れそうなの！　ありがとう！　またね！」

「ちょっと！　ユータちゃんっ⁉」

急げー！

オレは大慌てで街の中を駆け抜ける！　ガッターはそこそこ人の多い街だ。人混みが邪魔になるので手近な屋根に駆け上がって、屋根の上を走っていく。これいいな！　近道近道！

「セーフーー！」

馬車の停留所に駆け込むと、御者のおじさんはまだのんびりとお弁当を食べていた。そうか……ここは日本じゃないもんね、そうそうピッタリの時間に出発とかしないよ。むしろ大抵遅れている。焦って損しちゃった……オレはホッと息を吐いて、近くの段差に腰を掛けた。

5章　乗り合わせた冒険者

「そろそろ行きますよーお乗り忘れはないですかー！　バスコ方面ーバスコ方面ー！」

きっちりお弁当を食べ終えた御者さんが、ゆっくりお水を飲んでから出発の声をかける。護衛の冒険者さんは……うん、30代くらいの強そうな人たちなので大丈夫だろう。

馬車はゆっくりと街を抜けて、人の住む場所から魔物の住む場所へ。なんだか不思議だな……日本で生きていた頃は、どこだって人のための場所みたいだった。ここではこういう集落を作らないと人は生きていけないんだな……なんだかそれって、とても生き物らしいね。なんとなく感傷的な気持ちになりながら外の景色を眺めて、小さくなっていく街に手を振った。


「……見てねえでなんとかしろ」

「ぷぷっ！　いいじゃん、嬉しいだろ？　あんた犬とか好きじゃないか」

「これは犬じゃねえ……」

……どこか声を潜《ひそ》めたような話し声がする。揺れる馬車で、少しでも居心地よくしようと無意識にもぞもぞすると、硬いものがちょうどよく頭と体を固定したので、満足して力を抜いた。

「……なんとかしろ」

「ぶふっ！　ぶふふっ！」

うっすら目を開けると、見えたのは男性の顎と喉仏。金色の無精髭がない……カロルス様じゃない。これ、誰だろう？　ぼんやり顎を眺めていたら、ふと下がった視線がオレと交差した。

「‼」

ビクッとした振動がダイレクトにオレに伝わる。どうやら、この人のあぐらを掻いた左足を背もたれに、抱えた左肘を枕にしてオレは寝ていたようだ……ほぼ抱っこだな。

「……こんにちは？　んん……オレ、寝ちゃってた？　ごめんなさい」

ふいと顔を背《そむ》けた男性は、凄みのある強面《こわもて》だけどなかなかカッコイイ人だ。ピリッとした時の執事さんに似ているかもしれない。顔は似ていないけれど、なんとなく。

そっぽを向かれてしまったけど、ちゃんとオレを抱えてくれている。カロルス様とセデス兄さんの腕を足して2で割ったような感じだ。なんとなく安心すると、またまぶたが下がってくる……。

「……おい」

あ、思ったより低い声だ。無愛想《ぶあいそう》な声だな……。

「……おい！　寝るな！」

「……寝てないよ……」

「寝てるだろうが！　起きろ！」

軽く揺さぶられて渋々目を開けると、モスグリーンの瞳と目が合った。目が合うと途端に揺らいだキツイ瞳が、スッとまた視線を外す。

「寝るならよそへ行け。手を離せ」

手？　言われて視線を落とすと、いつの間にか強面さんの服をしっかりと握りしめていたようだ。手を開くと、服が一部分だけシワシワになってしまっている。

「あれ？　どうしてオレここで寝てるの？」

「知るか！　お前がっ……！」

「『お前が俺の服を掴んで寄りかかってくるから、膝を貸してやったら今度は乗り上がってくるので抱っこしてやったんだよ！　寝苦しそうだったからな！　よく寝られたか？』だってさ」

もの凄い意訳《いやく》をしてくれたのは、向かいにいた小柄な冒険者さん。

「てめっ……！」

キツイ瞳を怒らせたこの男性も、冒険者仲間みたいだ。今回の馬車は田舎へ向かう方面だからお客さんが少なくて、オレ以外に乗っているのはこの冒険者さんたち４人だけだ。

「ごめんねー、こいつ無愛想でさ！　怖い顔だからさ、ちっちゃい子にいつも嫌われちゃうんだよ。君は度胸あるねえ！　まさかこの鉄面皮《てつめんぴ》に抱っこされて寝るなんてさ！」

『なんてさ！』

小柄さんの肩から、ぴょこんと小さな頭が顔を出した。オウムみたいに繰り返して話すのは、リスザルみたいなしっぽの長い生き物。頭のてっぺんのモヒカンがなんともキュートだ。

「わあ、おさるさん？　ねえ、あれはなあに？」

強面さんを見上げたけれど、そっぽを向いて答えてくれない。小柄さんの口ぶりから、子どもが嫌いではないのだろう、ぎゅうっとすると、強面さんが体をこわばらせるのが分かった。

「おおー！　初めてのちびっこハグじゃね？　よかったね！」

『ヨカッタね！』

強面さんは、けらけらと笑う向かいの冒険者を長い足で蹴《け》り飛ばすと、そうっとオレを支えて立たせた。壊れものを扱うような怖々《こわごわ》とした様子に、ついイタズラ心が芽生《めば》えてくる。

「オレ、ここにいる！」

ひょいと膝と膝の間に陣取ると、彼の両手をオレのお腹に回してシートベルトにする。

遠慮なくもたれかかると、おろおろとした強面さんの様子が伝わってきて愉快《ゆかい》だ。緊張した硬い体と、早鐘《はやがね》を打つ鼓動《こどう》が伝わってくる。

「うわーマジで度胸あるね！　こいつ怖くないの？」

「ぜんぜん！」

ルーの方がよっぽど怖いと思うよ……まあ実際、ルーも怖くないんだけども。

「お前ら、そういじめるなよ！　そら、お客が来たぞ！　じゃれるのはそのへんにしとけ」

「右前方から3体だ」

前の方にいた冒険者さん2人が、振り返って言った。この人は探索の魔法が使えるんだね！

オレがどのくらい寝てたのか分からないけど、バスコでの休憩は覚えてるから、そのあと寝ちゃったんだね。今はバスコ村とヤクス村の間だ。

近づいてきているのはゴブリンかな？　確かに3体だけど、もう少し離れると案外たくさんうろちょろしているのが分かる。このあたりは以前のゴブリン団のせいで数が増えてしまっている。でもまぁゴブリンなので、たくさんいてもこの人たちが負けたりしないだろう。

「……下りろ」

自分で下ろそうとはしない強面さんに、クスクス笑いになりながら下りると、オレも前の方に行ってみる。うん、遠くの方に2体のゴブリンが見える、1体は隠れてるかな。

「どうする？　襲ってきてもたかがゴブリンだ。馬車の速度を上げれば追いつかんだろう」

「いやぁ、このあたり、ゴブリンが増えてましてね、できたら見つけ次第倒しておいてほしいですよ。旦那方お願いします」

「じゃあそうするか、俺とお前な。一応周囲警戒しとけよ」

前にいた男性がリーダーさんかな、オレはそわそわしながら降りる2人を見つめた。

「君、変わった子だねぇ。怖くないの？　ゴブリンっていったって、君みたいな子どもじゃあ、あっという間に食べられちゃうよ？」

『食べられチャウー!!』

「よせ！」

怖い顔で小柄さんをたしなめる強面さん……本当に彼って怖いのは顔だけだね。

「大丈夫！　あのね、きのうはとちゅうでウミワジが出たんだよ！」

「なにっ！」

「ウミワジってそのへんの冒険者じゃ結構キツイ方だよね？　かなり被害、出たんじゃないの？君は無事でよかっ……いてっ！」

小柄さんがまた小突かれ、お猿さんがファイティングポーズでシュシュッとエアパンチを繰り出したものの、鋭い眼光にササッと隠れてしまった。

「無駄口叩いてないで警戒してろ」

へいへい、と周囲に目を向ける小柄さん。強面さんはぽん、と一瞬オレの頭に手を置いて離れた。大丈夫だって、そう言っている気がした。

集まっていた方が守りやすかろうと、オレも御者さんの横に行く。決して戦闘が見やすいからではないのだ。オレが見つめる先で、特に気負った様子もなくゴブリンに近づく2人。と、ヒュンと風を切る音がして、草むらから矢が飛んできた。

リーダーさんが難なく避け、魔法使いさんがブツブツ唱《とな》えていた魔法を発動させると、ドドドッと炎の矢が3本発生して草むらに突き立った。

キィイーー！

草むらから上がった断末魔《だんまつま》の悲鳴に、思わず目をつむる。ごめんね、でもここでは人も魔物も立場は同じ、命と住処を守るために他の命を奪う必要も出てくる。オレも、覚悟が必要って、そう思っているんだけど……。目をつむっている間にもう1体もリーダーさんが斬り倒して、残りの1体がキーキー言いながら後退しているところだった。しかし、一瞬で間を詰めたリーダーさんが一刀のもとに斬り伏せる……圧倒的だ。

「どうもすみませんです。先日も馬車が襲われましてね、なるべく排除しておきたいんですよ」

帰ってきた冒険者さんたちに御者さんがお礼を言って、馬車は再び動き出す。

「すごいね！　オレにも剣を教えてほしいな！」

動き出した馬車内で、リーダーさんに詰め寄ると、苦笑してがしりと頭を掴まれた。

「物怖《ものお》じせんやつだな。ちびっ子にはまだまだ早い、剣が振れるようになってから言わんか」

「オレ、ちゃんと練習してるよ！　小さい剣は使えるよ！」

オレはナイフを取り出して構えてみせる。そういえば、ちゃんと装備しないといけないね。

「おーおー。いっちょ前な構えだな。だが残念だなぁ、ナイフは俺の専門外だ！」

しっしと追いやられてむくれていると、小柄さんが声を上げた。

「おっ！　ナイフなら専門家がいるじゃん！　なっ？」

『なっ？　なっ？』

小柄さんはつんつんと強面さんの頬を突いて、また蹴り飛ばされた。丈夫な人だな……ノリでつんつんしていたお猿さんも慌てて退避している。こっちも懲《こ》りないね……。

言われてみると、強面さんは大型のナイフを２本、腰の後ろに交差するように装備していた。

もしかして、もしかして……それ２本使うとか⁉

「えっ……それ、ナイフ、２本使うのっ⁉　わあっ、わあ！　見たい見たい！」

きっと目からは輝き光線が出ているだろうと思えるぐらい、今のオレは期待でキラキラしていた。だってナイフの二刀流だよ⁉　カッコイイ！　カッコイイよ！　ひとしきりぴょんぴょんして興奮の第1波をやり過ごすと、衝動を抑えきれず、強面さんに詰め寄った。膝に乗り上げるオレを避けようと、限界までのけ反る強面さん。

「おねがい教えて！　教えて！　オレもやりたい！」

必死に顔を背けて逃げようとする端正な顔をがしりと掴んで、間近で瞳を覗き込む。

「お・し・え・て！」

「分かっ……分かったから！　離れろ！」

だらだらと汗を流した強面さんにオレは勝利した！　ガッツポーズのオレに、向かいの席では小柄さんとお猿さんが腹を抱えてひーひー言っていた。

「お前みたいなチビに教えられるものなんてない」

ぶすっとした顔で、それでも約束を守ってくれるらしい。強面さんは立ち上がると、両手をクロスさせてシャキ！　と2本のナイフを抜き放った。もうその仕草だけでオレは転げ回りたくなる。二刀流だ！　武蔵みたいだ！

ナイフと言っていいのか剣と言っていいのか、50㎝程度の長いものを右手に、30㎝ほどのものを左手に、抜いた時点で既に魔力を纏っているのを感じる。オレもナイフを抜いてみたけど、当然ながら魔力は纏っていない。オレのナイフは刃渡り15㎝くらい……ちっちゃい……いやいや子どもには小さくはないよね、でも子どもも刃物を使うこの世界ではごく一般的だ。せめてもう少し大きな刃のナイフにしたい。

「……それがちょうどいい」

じっと自分のナイフを見つめていたら、考えていたことがバレたらしい。

「もういいか？」

もう見ただろうと言わんばかりに、ナイフを収めて座ろうとする彼に縋りつく。

「だめ！　まだ教えてもらってない！」

「ちびちゃん、そうは言っても何を知りたいの。こんな無愛想な男が教えられると思う？」

『ぶあいそ、ブアイソー！』

モスグリーンの瞳に睨まれて、お猿さんはまたもや後ろへ隠れた。

「うーん……えっとね、ナイフ2本の使い方が知りたい！　あとね、剣を教えてくれる人が言ってたの。剣技を使うのに、剣に……ま……なにか伝わるようにしてるって。さっきのリーダーさんもそうしてたんでしょう？」

「あれあれ？　なんか結構本格的に習ってる感じ？　詳しいじゃないの。ちびちゃんはどのくらい使えるのかな？　ふふっ、これを切れるかい？」

『イーナのぉ！』

言うが早いか、ポケットから取り出した小さなリンゴみたいなものをひょいと投げた。お猿さんが悲壮《ひそう》な顔をしたのが気になるけれど、これくらいなら！　スッとリンゴの軌道から体をずらすと、下から上へ一閃《いっせん》！　軌道を変えて落ちようとするリンゴをキャッチする。

「……お前、誰に剣を習ってるんだ？」

急に視線を鋭くした冒険者さんたちに、もしやまずいことをしたかと眉を下げる。

「……カロルス様」

オレの返答に、厳しい顔をしていたリーダーさんが額に手を当てた。

「ああ～カロルスかぁ……あいつ、何育成してんだよ！」

緩んだ雰囲気を感じて、お猿さんがオレの腕に飛び乗り、ねだるようにゆさゆさと揺すった。

「えっ？　なになに？　それってすごい人？　有名な感じ？」

「ロクサレンのカロルスだろ？　Aランクの破天荒《はてんこう》なヤツだよ！」

「え……カロルス様をしってるの？」

お猿さんにせがまれてリンゴを囓らせてあげながら、ちょっとビックリする。

「おうとも、まあAランクだから大体のやつは知ってるだろう。俺はあいつの同期だよ！」

同期っていうのは、冒険者を始めたのが同じぐらいの人たちを指しているらしい。昔は一緒にお酒を飲んだり助けてもらったこともあるって、嬉しそうに話してくれた。どうやら子どもに違法な薬や装備をさせて、悪事に利用することがあるそうで……それであんな怖い顔してたんだね。

膝の上でリンゴを貪《むさぼ》るお猿さんを撫でながら、オレも色々と話をする。少し重くて温かな膝からは、しゃりしゃりと小気味いい音と、甘酸っぱい香りが立ち上っていた。

「ちょっとは剣も使えるって分かったでしょう？　じゃあ教えてくれる？」

「うっ……」

お話が落ち着いたところで再び強面さんに詰め寄ると、覚えていたかと顔をしかめた。

「……刃《やいば》の先まで自分の体だと思え。血が流れ、感覚があると。それだけだ」

ふむふむ！　分かったようで分からないね！　テニスの選手が『ラケットは体の一部です！』って言うようなもんだろうか？　それって相当な訓練が必要だよね？　普段の練習は木刀を使ってるし、正直ナイフはあまり馴染みがないんだよ。

「ナイフでも剣でも、2本は難しい。2倍の情報を処理できるようにしろ。……1本1本のナイフじゃない、2本でひとつだ」

どういうこと？　首を傾げていると、強面さんは残った半分のリンゴを投げて、シャシャッと両手のナイフで器用に切り裂いてみせた。

『イーナのぉ!?』

「こうじゃない。……こう」

わあ！　と感動する俺を横目に、もう1度小さくなったリンゴを投げると、シュ……と両手のナイフで一閃した。違う！　明らかにさっきと違う……。速さも、威力も、全部違う！　同じように2本使っているのに……そうか、2本でひとつ。1本のナイフ×2ではないのか……

オレは目を丸くして深く頷き……お猿さんは転がったリンゴのかけらを抱えて項垂《うなだ》れた。

「……なんで、それで分かった風なの？　俺はぜんぜん分かんないけど！」

小柄さんは、頷き合うオレたちに呆れ顔だ。そう？　分かりやすかったよ？

「あとは練習しろ」

これで終わり、と強面さんは脚を組んで座ってしまった。指導は物足りないけど……まずは魔力を纏えなければ始まらない。「手の延長」っていうのがどうも分からない。

——ユータ、いつも魔力を通してるのに、どうしてわからないの？

ラピスに不思議そうに言われて、ハッとした。あ、そうか……普通に回路を繋ぐ感覚でやればいいのかな？　とりあえず熟練《じゅくれん》していなくても、魔力を纏うことはできるかもしれない。

ナイフの刃先まで回路を通す、と。

「あ、できた」

なんだ！　簡単じゃないか……もっと特別なことだと思っていたのに……。

何度も何度もナイフを抜き放って、魔力を纏う練習をする。うん、いけるよ！　瞬間的にナイフを魔力で満たすようにすればいいんだ。今度カロルス様とかセデス兄さんみたいな使い方も練習しよう！　もしかして剣技って、魔法使いと相性よかったりしない？　だって魔法を放つ感覚を知ってるから、色々使いやすいんじゃないだろうか？

「おや……誰だ、こんな穴を掘りやがって……」

御者さんがぶつぶつ言いながら大きく馬車を動かして、転がっていきそうになったオレを、強面さんが掴み上げた。そんな猫の子みたいに……。

「すみませんね、どこかの馬鹿野郎が道に穴を開けたみたいで」

見ると、街道の真ん中に大きなくぼみがあった。悪質なイタズラ？　車輪が嵌まってしまったら馬車は動けないし、最悪ひっくり返るかもしれない。前に通ったらしい馬車の轍《わだち》の跡があるのが心配だ。レーダーの範囲をちょっと広げようとした時、小柄さんが声を上げた。

「あれ！　ほら、襲われてるんじゃない⁉」

遠くに横倒しになった小さな馬車と、群がるゴブリンらしきものが見える。

「まずいな……そこそこ多いが、どうする？」

「ゴブリンが、あ、あんなに。今のうちに通り抜けましょう！　あれはもう無理です！　諦めましょう！」

「むぅ……馬車は扉を閉めている。生存者がいるやもしれんぞ？」

「で、でも、わたしらも死んじまったら元も子もないです！　乗客を守るのがお仕事でしょ？　この馬車にはこんな幼子もいるんですよ？　もう誰も生きてやしません！　無理ですって」

御者さんがゴブリンの群れを見て震え上がっている。そりゃあ自分が殺されるかもしれないもの、怖いよね……でも。

「無理じゃない！」

生きてる人がいる！　オレは走る馬車を飛び降りて受け身をとると、横転した馬車に向かって駆け出した！

「ばっ……馬鹿野郎が‼」

焦ったリーダーさんの大声が聞こえる。

「まずい！　あのちびっ子結構早いよ！」

「俺が行く！」

小柄さんと魔法使いさんが残って、リーダーさんと強面さん２人が追いすがってきてくれたようだ。ゴメンね、でも迷ってる暇はないと思ったんだ。

で、でも……うわぁ…強面さん、めちゃくちゃ速い……！

みるみる追いつかれ、首根っこを掴もうとするのをするりと避ける。今捕まったらダメなんだ！　オレは強面さんの手から必死で逃げる、逃げる！　ふふん、避けるのはお手のものだ！

「無茶をするな！」

「乗客を守るのもお仕事なんでしょ⁉」

あそこまで行けたら、戦ってくれるはず！　だってオレを守らなきゃいけないんでしょ？

「はは、なんってヤツだ！　この肝っ玉野郎が!!　説教はあとだ！　それだけ避けられたらゴブリンに殺されはすまい！　行くぞ」

リーダーさんも追いついてきて、どこか嬉しそうな口調で言った。

横転した馬車はもう目の前だ。勝手なことをしたオレは、絶対に怪我をしてはいけない。隠密さんを登場させてもいけない。だから無茶はしない、と説得力のない誓いを立てる。

2人を引き連れて馬車まで来たら、あとはお任せだ。ゴブリンの悲鳴が上がっても、オレは今度は目を閉じたりしない。

あっという間に蹴散らされていくゴブリン……リーダーさんが相手している2体は、なんだかひと回り大きくて黒っぽい。よく見るとちらほらとそんなゴブリンがいる。

2人の一方的な戦闘を横目に、オレは周囲に倒れた人に駆け寄った。御者さんらしき人物は見当たらず、あとは護衛らしい格好をした人が2人、無残な姿で転がっていた。ひどい状態だが、息があるならきっと助かる。蝶々を使うわけにはいかないし、オレが直接回復するのもよくないから……オレがとれる選択肢はこれ！　カバンを通して収納から茶色い小瓶を取り出すと、2人に振りかけた。これは生命魔法飽和水を多めに入れた回復薬……遮光瓶《しゃこう》じゃないと光ってしまうやつ！　効果は抜群、みるみる血の気を取り戻した姿にホッと安堵して、オレは再び戦いに目をやった。

ギャギャ！

なるべく気配を消していたけれど、数体のゴブリンに気付かれてしまった。せっかく確保したエサを取られると思ったのか、ヤツらは怒りの形相でこちらへやってくる……！

大丈夫、ゴブリンならオレだって負けない！　無防備な人たちを守ろうと低く構えると、オレの前に滑り込むように割り込んできた人影があった。速い……！

ごろりとゴブリンたちの首が落ちると同時に、彼は両手の刃を振って腰に収める。

「終わった」

一言呟いて、つかつかとオレの方へやってくると……。

ゴツン!!

「いたーい!!」

目がちかちかする強烈なげんこつをもらって、思わず蹲った。じわっと涙が浮かぶ。

「ぶはは！　容赦ないな！　頭がへこむぞ！」

リーダーが大笑いしながら、馬車に飛び乗って扉を叩いた。

「おい、大丈夫か？　通りすがりの冒険者だ。生きてるか？」

オレたちの大人数用の幌馬車と違って、小型の馬車はちゃんと箱形で扉がついている。中から鍵を掛けて閉じこもったので、今回は助かったようだ。

恐る恐る開けられた扉から、涙に濡れた顔が覗く。

「よっと……」

「やだ！　離せ！」

リーダーが横転した馬車の上に乗って乱暴に扉を外すと、小さな影を引っ張り出した。暴れるのはまだ小さな……オレと同じくらいの少年。強面さんが暴れる子を受け取ると、少年は恐怖に顔を引きつらせて大人しくなった。ガタガタ震える少年も、怖がられる強面さんもかわいそうなので、オレが面倒をみよう。

「もう大丈夫だよ！　その人はいい人だよ！」

オレの姿を認めると、少年はオレのところへ飛んできた。

「ほれもう1匹！」

まるで巣穴からうさぎを引っ張り出すように、リーダーがもう1人馬車から子どもを引き出してから、ぐっと体を中に入れた。

「エリ！」

気絶せんばかりに青い顔をして震える小さな少女に、少年が駆け寄って肩を抱えた。

「よいせっと！」

最後に大物……もとい母親らしき人物を抱えて、リーダーさんが馬車から飛び降りた。

「ママ！　だめ！　ママを離して！」

果敢《かかん》にも、泣きながら食ってかかる少女をなだめる。

「大丈夫、助けに来たんだよ。がんばったね、一緒に帰ろう」

にこっと笑うと、案外オレより背の高かった少年少女の頭を撫でた。

「「……!!」」

途端に2人は糸が切れたように座り込むと、わあわあと泣き出してしまった。大泣きする2人に困ってひたすら背中を撫でていると、小さな呻き声が聞こえて、2人がハッとした。

「パパ？　パパぁ!!」

おや……護衛の人だと思っていたら、父親だったのか。男性2人は、それぞれ少年と少女の父親だったらしい。一生懸命体を引き起こそうとしている。

「う……エリ……。なぜ？　助かった……のか？」

「もう大丈夫、この人たちが助けてくれたよ！」

全部押しつける気満々でリーダーさんを指すと、この野郎……と苦笑いされた。

リーダーさんが母親を抱え、強面さんが少年の目を覚まさない父親を抱え、オレが2人の手を引き、馬車まで戻ってきた。エリちゃんのパパさんは回復のお陰でなんとか自分で動けるようだ。自分の姿を見て、しきりと不思議そうにしている。

「よ、お疲れさん！　このちびっ子め！　心配かけてもう！」

『もうもう！』

小柄さんにお尻をぺちんとされて、お猿さんに耳を引っ張られた。

「まあ、でっかい雷が落ちてたようだから、よしとするか」

魔法使いさんがオレのたんこぶをつついて笑った。

ホッとした様子の御者さんに促されて席につくと、すぐに馬車は進み出した。

「これって、ガッターのギルドに報告しなきゃいけない？　上位種いたよね～倒しちゃったけどさ。上位種いてあの数だもん、俺らが通りかかってすげーラッキーだったじゃん」

「ロクサレンで報告しておけばいいだろう。急ぐこともない、一旦ヤクスで降りるか」

みんなヤクス村で降りてくれるんだね！　じゃあ誘ったら、館に泊まってくれるかな？　冒険者さんたちの会話を聞くともなしに聞きながら、エリちゃんたちに向き直る。

「これ、お母さんにどうぞ。回復薬だよ」

「いいの？　……ありがとう」

見たところ、外傷は馬車内であちこちぶつけたものだけだったので、普通の……回復薬に飽和水を数滴入れただけの……回復薬だ。

パパさんが言うには、エリちゃんの母親の療養《りょうよう》のため、王都を離れて静かな田舎で暮らすことになったそうで、安全と言われるヤクス村を選んで向かっている途中だったらしい。少年と父親はこの一家と仲がよかったので、護衛がてらついてきたそうだ。

「ゴブリンに食われて終わりだと思った……なんとお礼を言えばいいか。私にできることはなんでもしよう！　娘も妻も助かった、こんな奇跡……。ありがとう、本当に……」

パパさんはエリちゃんを抱きしめてむせび泣いた。

ほどなくして、少年のパパさんも目を覚まして状況を知ると、同じように少年を抱きしめて泣いた。エリちゃんのママさんは微かに目を開けたけど、パパさんが何か囁《ささや》いて頭を撫でると、つうっと涙を流して再び目を閉じた。寄り添って手を握る2人は、とても仲がよさげだ。

「オレ、ユータって言うの！　もうすぐ4歳だよ！　君は？　なんさい？」

同い年くらいの少年に話しかけたくてうずうずしていたオレは、落ち着いた頃合いを見計らって声をかけた。エリちゃんのパパさんはまだ不安なのか、両親にくっついて離れない。

「俺はもうすぐ6歳。タクトだよ。あのさ……あの時はちょっと、ビックリしただけだから！」

どこか気まずそうに話すタクトに首を傾げる。あの時って？

「その、ちょっとだけ泣いたの、たまたまだから！　いつもは泣いたりしない！」

ああ！　特有の強がりに、思わず顔がほころんだ。

「うん！　あんな怖いことがあったんだもん、ふつう泣いちゃうよ？　きぜつしちゃうかも！」

オレの言葉に、タクトは少し安堵した顔で笑った。

「ユータはヤクス村に住んでるんだろ？　俺はハイカリクに行くんだ。そこならエリとも近いし働き口もあるんだって」

「エリちゃんと仲よしなんだね！　ヤクス村には住まないの？」

「父ちゃんは冒険者と、ちょっとだけ鍛冶《かじ》ができるから街の方がいいんだ」

エリちゃんのパパさんが、冒険者たちに事の顛末を話す横で、オレたちは子ども同士でおしゃべりに興じるのだった。


「――そうか、あんた貴族様なのか。田舎は不便だろうに」

「いや、貴族といっても準男爵だからね……。護衛も自分でしてるんだ、分かるだろう？　ところで、どなたが最上級の回復薬を……？　一生かかっても払うことを約束する……彼の分も私が請け負おう。王都の屋敷には多少の財産がある、足しにはなるだろう」

「最上級？　なんのことだ？」

「あなたではないのか？　私と彼は死ぬ寸前だったはずだ。それにほら……」

パパさんが左手をグーパーさせてみせる。

「パパ！　指があるわ！」

エリちゃんが目を見開いた。な、なんですと……？

「そう、わたしは昔魔物にやられて、左手の指３本を持っていかれてね、他にもあちこちに傷跡があって、左足も不自由だった。それが、この通り」

パパさんは左足で高くジャンプしてみせた。

「この体ならまだ戦える。ありがとう……必ず、恩を返そう。どなたが回復薬を？」

あらー……。無言で集まる冒険者さんの視線の中で、オレは小さくなった。

「えっと……その……オレ、これがはじめてのおつかいでね、心配されていっぱい回復薬もってたの。大変そうだったから一番いいやつを使っただけで……」

注目を浴びて、ぼそぼそと言い訳する。

「知らずに最上級薬を使っちまったのか……まあ、カロルスなら怒りはしないだろうが……。勿体ないとは言えんな、それなしでは助からなかったろうしな。あんたは運がよかったな！破天荒の息子はさらに破天荒だったみたいだな！」

オレが知らずに使ってしまったと聞いて、そしてオレがカロルス様の養子みたいなものだと聞いて、青くなって頭を抱えてしまったパパさんを、リーダーさんが励まし（？）た。

ちょっと心配そうな顔のパパさんたちを乗せて、馬車は進む。

「頼む！　知り合いなんだろう？　相手は領主なんだ！」

「俺は知ってるけどな、向こうは覚えてねえって！　悪いやつじゃないから平気だって！」

パパさんはリーダーさんが知っていると聞いて、一緒にカロルス様のところに行ってくれと懇願していた。もうすぐヤクス村が見える……初めてのおつかいは、無事に達成できたよね？

そわそわしてくるオレを見て、小柄さんがけらけら笑った。

◆◇◆◇◆

粗末なヤクス村の門……ガタゴトと馬車が通ると、門も揺れる。たった1泊の旅行だったけれど、大冒険から帰ってきた気分だ。門をくぐれば、ゆったり走る馬車にもうガマンできない！　ぴょんと飛び降りて、一直線に走り出す……と、ひょいと首根っこを掴み上げられた。

「おいおい、どこへ行くんだ？」

ぶらりと浮いた足に、笑いを堪える低い声、荒っぽい強い手……。

「カロルスさまー！」

くるっと回って手を外すと、そのまま飛びついた。

「ただいまー!!」

チクチクする無精髭、大きな硬い体。やっぱり、大好きだ。今度は笑顔でただいまできたよ！

自然とこぼれる笑顔でぎゅうーっと抱きしめると、強い腕もオレを包んだ。

「おう、おかえり！」

カロルス様は顔をくしゃくしゃにして笑うと、頭がぐらぐらするくらい、強くわしわしと撫でてくれた。そしてぼさぼさにしたオレの髪をそのままに、そっと手を下ろすと耳打ちした。

「あっちも行ってやらんとまずいぞ」

そこには滂沱《ぼうだ》の涙を流してハンカチを噛みしめるエリーシャ様と、ちょっとむくれたセデス兄さん。オレはカロルス様と顔を見合わせて笑った。

みんなにただいまの挨拶を済ませて館に帰ったら、マリーさんも滂沱の涙だった。セデス兄さんが教えてくれたところによると、マリーさんはどうしてもオレのことが心配で、様子を見に行きたくなるからって、セルフ監禁していたらしい……斬新《ざんしん》だね……。

「本当に、申し訳ない。知らずに貴重な最上級薬を使わせてしまった……！」

館に戻ってほどなく、青い顔をしたパパさんがオレたちを追いかけるように、リーダーさんを引っ張って訪ねてきた。まずいよ！　まだ何も説明してないのに……！　必死でアイコンタクトを送るオレ、最上級薬なんて渡した覚えがあるはずもなく、困惑するカロルス様。

「あ、ああ、アレな！　うん、いや、昔の在庫があったからな、持たせただけだからな！　気にしないで結構だ。うん、効いてよかったとも！」

たどたどしく誤魔化すカロルス様と、演技下手な夫を呆れた目で見るエリーシャ様。そしてオレにじっとりした視線を寄越すセデス兄さんと執事さん。

平身低頭で謝罪と感謝を告げるパパさんを、なんとかリーダーさんに連れ帰ってもらう。

「おうレンジ、久しいな！　またあとで来いよ！」

去り際、カロルス様がリーダーさんに声をかけると、彼は驚いた顔で振り返った。


「さーて、じっくり聞かせてもらおうかな？」

久しぶりのロクサレン家での夕食。セデス兄さんに促されて道中の出来事を話していく。誤魔化したって隠密さんが見てるからねえ。

「ああ……素晴らしいです！　ユータ様はまだこんなに幼いのに……！」

「ユータちゃん、えらいわ！　ちゃんとおつかいできたのね、怪我もなくて本当によかった！」

「無事に済むまいと思ったが……ガッターに行くだけでどんだけトラブルが起こるんだ……」

「よくもそう次から次へと……」

話してみると、なんだか色々あった気もする。道中の馬車が襲われることなんてあっては困ることなのに、往復の両方で襲われちゃったし、なかなか危ない状況だったし。でもそれ以外は特に問題もなく過ごせたと思うんだよね！

「それでお前、最上級薬ってなんの話だ？」

あっ……それを忘れてた。でもあれ、ナイショだから誤魔化さないといけないよね……。

「えーっと、オレが作ったお薬だよ。チル爺に手伝ってもらったら特別なのができたの！」

オレはチル爺に丸投げした。妖精が作ったお薬だから特別、うんカンペキな理由だ！

「なんだと……チル爺さんは、もっと常識のある人物だと思ったが……」

チル爺ごめーん。濡れ衣で評価の下がったチル爺に心の中で謝っておいた。

「で、まだあるだろ……お前、海人と知り合いって本当なのか？」

「ナギさん？　そうなの！　オレの欲しかった調味料をもってきてくれたんだよ！」

嬉しそうに話すオレに、ため息の数が増える。海人って、昔たくさん陸の人に捕まったことがあって、あまり仲よくはしてないんだそうな……今でも海人は陸に近づかないし、人目につかないところで生活しているから、あまり接点がないらしい。そうなのか……じゃあホイホイ呼んだらナギさんに迷惑がかかるんだな、気を付けよう。

「あとな、お前の持ってるのは海人の至宝、『絆の契り』だ。海人と陸人の伝説に登場する品だぞ？　きちっと収納しとけよ……貴重なもんだ」

うわーやっぱり！　ナギさん……オレ、そんな大事なもの持ってるのは困るよ……。今度ぜったい返そうと、オレは決意を新たにした。

「あとは何もなかったのか？」

そんなことはないだろうという目で見られるけど、いやいや、もう全部言ったよ？

「ないよ！　ガッターについたらすぐに宿に行ったし、次の日は仲よくなった子のお店のお手伝いしてたら時間なくなっちゃって、すぐ帰ったもの。あ、ニースたちに会ったんだよ！　あと、帰りにゴブリンがいたのは話したでしょ？」

「ニース？　ああ、あの時の３人か。ふーむ、まあ詳しくは、またあいつに聞くとしようか」

隠密さんのことかな？　お手柔らかに……と窓の外へ手を振って、オレは席を立った。

＊＊＊＊＊

「……お前そこにいたのか。バレてんなー」

「うるせえ！」

笑いを堪えながら、窓を開けたカロルス。

「で、あいつの報告通りで大丈夫か？」

「そんなわけねえよ。ま、大事はそんなもんかもしれねえけど」

「だよなぁ……」

肩を落とすカロルスたちに、あいつが話してないことを細かく聞かせてやる。

へっ、お前らも頭を抱えやがれ！

「うおお……色々やらかしやがって……！」

その日のロクサレン家の夜は、ユータの行動の暴露大会を経て随分と酒が進んだ。その後は酒で出来上がったカロルスたちに途中からレンジたちも加わって、明け方には死屍累々《ししるいるい》の大惨事……。

あのスカした執事野郎……なんで潰れねえんだ……こいつらと飲むとろくなコトにならねえ、いや……俺はもう酒は飲まねえ……。

6章　ユータの入学試験

んー！　お宿のふかふかベッドも気持ちよかったけど、やっぱりお家が最高！　だね。

「プリメラ！　おはよう！」

プリメラも心配してくれていたんだろうか、久々に窓から朝の挨拶に来てくれて、長い体でオレの上に陣取ると顔をこすりつける。

「重い、重いよ！」

くすくす笑うと、失礼ね！　と言いたげに、頭をこつんとぶつけてベッドを下りていく。プリメラのためにドアを開けてあげると、ちょうど廊下に背の高い人影が見えた。

「おはようー！」

後ろから突撃すると、がしりと顔を掴まれた。

「？」

「……響く」

もう一方の手で額を覆《おお》って、地を這《は》うような低い声が漏れる。指の隙間から覗くモスグリーンの瞳は、子どもが泣くこと必須の凶悪さになっている。

「声を出すな」

片手でオレの口元を塞いで、まるっきり誘拐犯の台詞だ。それは強面さんが言ったらダメなやつだと思う……。もの凄い目力で「声を出すなよ」と圧力をかけておいて、なんの説明もなくそのまま立ち去ろうとする強面さん。だけどなんだかふらふらしていて危なっかしい……そしてあたりに漂う独特の匂い……全くもう、ちゃんと摂取量を考えましょう！

「はい、飲んで」

「もう飲めな……なんだ？」

反射的に断ろうとした強面さんが、手に押しつけられたものを見てきょとんとする。

「回復薬、調合の練習してたからいっぱいあるの。ちゃんと効くよ！」

「……いらん」

遠慮する強面さんをちょいちょいと呼んでかがんでもらう。

「つぐぅ！」

「遠慮しないで！」

お酒でへろへろの強面さんなんて敵じゃないよ！　素早く口に小瓶を突っ込んで仰向かせる。

大丈夫大丈夫！　回復薬は気管に入ろうが肺に流れようが、効くから！

「……てめっ……！」

げほごほと涙目《なみだめ》になって立ち上がった強面さんが、オレを睨みつける。

「ね？　効いたでしょ？」

言われて体調の変化に気付いたのか、もの凄く納得してなさそうな仏頂面《ぶっちょうづら》で頷いた。この様子だと、みんなふらふらかな？　回復薬を配りに行かないといけないね！

「領主のところにはお前が行け。あいつらの分は俺が持っていこう」

ニヤっと微かに笑った強面さんは、完全に悪者の顔だった。


「あーひどい目に遭った……」

「まあ、楽にはなったけどよ」

「俺なんて鼻に突っ込まれたんですけど？　ひどくない!?」

『ない～？』

澄ました顔で朝食の席に現れた強面さん。続く面々は、一様にひどい目に遭ったみたいで……強面さん、意外といじられキャラだもんね、日頃の恨みが……。

昨日オレは寝ちゃってたけど、カロルス様たちは楽しく宴会してたみたいだ。お酒を飲んで騒ぐなんて羨ましいと思ったけど、今朝の様子を見る限りそうでもないのかもしれない……。

お猿さんも飲んだの？　なんだか干したお布団みたいに肩に引っ掛かっている。

ほどなくして降りてきたカロルス様は、オレの魔法を直接受けてるので4人よりも元気だ。やっぱり回復薬よりも魔法の方が細やかなところに配慮できるもんね。

「みんなはしばらくここにいるの？」

「いやいや、元々ヤクスに寄るつもりはなかったからな、もう今からでも出るぞ」

そうなのか……ガッカリするオレに、レンジさんが苦笑した。

「お前、学校行くんだろ？　俺らはハイカリクにしょっちゅう行くからな、またよろしく頼むわ。俺はレンジ、Bランクパーティー『放浪の木』のリーダーだな」

「私はマルース。君は魔法使いの素質があるんだって？　魔法使い仲間としてよろしく、だな！」

「ん？　自己紹介の流れ？　俺はピピン！　斥候兼《せっこうけん》、弓の名手で剣も使える、色々と万能なすごいやつ、な！　それとこいつはもう知ってるね？　イーナ、オナガマンキーって幻獣だよ」

『イーナ！　イーナ！』

「……キース」

強面さん、それは名前かな？　お猿さんと同レベルになってるよ？

「オレも、冒険者になるの！　だからまた会おうね！　オレはただのユータだよ。もうすぐ4歳で……まだ何でもない普通のこども……」

「「「普通ではないな!!」」」

……そんなに声を揃えて否定しなくても……憮然としたオレの向かいで、セデス兄さんが大笑いしていた。

「ユータちゃんは普通よりずーっと賢くてかわいいんだもの！　当然よ！」

エリーシャ様が優しく髪を梳いて慰めてくれる。

「そもそも飛び級で入学するのは、普通ではないからな。あと数日か……早いな」

「何が数日なの？」

「何がってお前……4歳になるだろう？『年の始まり』が過ぎたらすぐに入学だぞ？」

えっ？　そうなの!?　聞いてなかったよ……。

ここらでは年齢の数え方が特殊で、「年の始まり」とされる日に全員年齢が1つ上がるんだよ。誕生日っていう考え方はないみたい。だから同じ年でも、特に幼い頃は成長の度合いにかなりのばらつきが出るのが当たり前で、オレみたいに誤魔化そうとする者にはピッタリだ。

そもそも孤児のように生まれが分からない子もいるから、正確な年齢を知るのが難しいっていう事情もあるみたいだね。だから食べていくために、年齢を誤魔化して冒険者登録をしていることはザラにあるそうだ。学校は年の始まりに合わせて入学なんだね……。

「入学受付はいつだったか……確かもう近々だぞ！」

「明後日から3日間ですね。馬車の手配は済んでおります」

さすが執事さん！　って、ホントにもうすぐじゃないか!!

「入学受付の時に試験もするんだっけ？」

「えっ!?」

セデス兄さんの思いがけない言葉に仰天《ぎょうてん》する。えっ？　試験!?　オレ、何もしてないよ!?

「入学の時に試験があるって言ったでしょ？」

「言ってたけど……でもいつか知らないよ！　オレ何もしてない！」

「何もいらないよ～！　行って試験受けるだけだよ」

みんなが頷いていているけど、受けるオレは平静ではいられない！　ど、どうしよう!?

「もうすぐって、お前、飛び級入学するのか？　普通じゃないとは思っていたが、確かに6歳まで待つ必要はなさそうだな。じゃあ冒険者登録もすぐだな！　無茶はするなよ……？」

「えっ？　冒険者登録は8歳でしょ？」

「そうだな。でも学生は実習があるだろ？　学生見習いの登録をするから、一応冒険者ってことになるぞ。やる気のあるやつはガンガン依頼を受けて、Fぐらいに上がるのも珍しくないな。ただ、無茶して……取り返しのつかないことになるやつもまた、多いぞ」

少し言葉を選びながら、レンジさんは重く言った。そうか、そんな若さで登録できたら、きっと無茶する子が出てくるよね……。魔法とか習ったら、きっと使いたくなるだろうし。

「ま、俺たちはそういう無茶なヤツがいないかも気を付けて、各地を回ってるんだよね！　ちなみに君は無茶しそうなナンバーワンだね！　それも無事にやり過ごせそうで、たちが悪いよ」

「お前が言うな」

『言うな～』

キースさんがピピンさんを小突いて、なぜかイーナもピピンさんを小突いた。

「ははっ！　ピピンは無茶するヤツの典型だったからな。見守り期間が長すぎて、結局止まり木じゃなくなってしまったのさ。……ああ、私らは各地をめぐって、問題のある冒険者の一時的な『止まり木』の役割をしているんだ。普通は成長したら飛び立っていくんだけどな」

マルースさんが、ピピンさんの頭をぽんぽんとした。

「今さらよそのパーティーに行けないでしょ！　俺がいないと困るだろうしね！」

ピピンさんは自信があって素敵だ。これだけ堂々と言えるだけの実力を持っているのだろう。

Bランクっていうのは誰が聞いても超一流だ。ちなみにカロルス様みたいなAランクは、そもそも数えるほどしかいなくて、人外の英雄扱い。

「お前が冒険者になる頃には、ここに戻ってくる必要があるか？　止まり木の必要があれば場所を貸してやろう」

「大丈夫！　オレちゃんと冒険者できるよ！」

「まあ……最強の守護陣営がいるから大丈夫か」

レンジさんは、ちらっとカロルス様たちを見て笑った。

◆◇◆◇◆

オレのはじめてのおつかい、もとい卒業試験（？）は、合格と言っていいものか微妙だったらしいけど、結果がどうあれ容赦なく入学の日は近づいてくる。オレにとってはその前に迫る試験の日だ。なぜかカロルス様たちは楽観視しているけど、オレ、この世界の常識に疎いから……本当に6歳児以下だったらどうしようって不安が募る。

あれからすぐに「放浪の木」のメンバーと、タクト親子は旅立ってしまった。タクト親子はもう少しゆっくりしたかったみたいだけど、あの頼りになるメンバーが護衛する馬車に乗ることにしたみたいだ。あんな怖い目に遭ったんだもんね……。ちなみに襲われた馬車はギルドが回収してくれている。財産になりそうなものは、隠密さんが先にロクサレン家に届けてくれていたから、少しは生活の足しになるだろう。

今回の馬車には、オレとセデス兄さん。カロルス様たちもついてきたがったんだけど、目立つからダメって執事さんがお断りしていた。

「試験……大丈夫かな……」

「そんなに緊張してたら解ける問題も解けなくなりそうだよ？　楽にね、６歳児の問題だよ？

そもそも入学したては文字があんまり読めない子もいるだろうからねえ」

そうかー６歳だもん、まだ文字がすらすら読めないレベルか……それはそれで、ちょっと授業に対する不安が首をもたげてきたけれど。少し気が楽になったオレは、馬車の中でふかふかクッションに座り直すと窓の外を眺めた。


「わあー！　人がいっぱいだね」

ハイカリクは元々人がたくさんいるけど、今日という日は、方々から集まった人々で普段にも増してすごい人混みだ。しきりとオレの周囲でバチバチ鳴って倒れる人がいるのは、気にしない方がいいのだろう。入学に際して集まった人たちと、それを商機と見込んで訪れる人たち。オレと同じくらいの年の子も多くて、街中がお祭り騒ぎでなんだかそわそわしてくる。

喧噪の中を抜けてあの建物に辿《たど》り着くと、大きく開かれた門を見上げた。ドキドキと不安が喉元までせり上がってきて、そばにある背の高い体に身を寄せる。

「ユータが試験と審査《しんさ》を受けている間、僕は他の手続きとかしてくるからね。もし試験が先に終わっても、うろうろしちゃダメだよ？　……さあ、行ってくるかい？」

そっと肩に手を置いて促されたけれど、オレはきゅっとセデス兄さんの手を握ったまま離せない。じっと門の向こうを見つめて、長い足にさらに体を寄せた。

「……僕もついていくかい？」

こくりと黙って頷いたオレに微笑んで、セデス兄さんはオレの手をぎゅっと握り返した。

「じゃあ、一緒に行こう。大丈夫、そばにいるよ」

ホッとしたオレは、少し力を抜いて笑った。

「順番にお並び下さい！　受付はこちらでーす！」

大声の案内に従って受付を済ませると、オレは飛び級の手続きもしないといけない。普通は入学時に試験なんてないから、登録とお金の支払い、審査っていう簡単な健康診断みたいなものだけだ。今回飛び級入学するのはオレだけだから、試験があるのもオレだけ。セデス兄さんについてきてもらってよかった、ちょっとカッコ悪いけど、やっぱり不安だったから。

「飛びきゅうのしけんを受けにきました。どこにいけばいいですか？」

案内係のお姉さんに声をかけると、驚いた顔で資料に目を通し、建物内を案内してくれた。

「保護者の方はここまでですが……大丈夫ですか？」

お姉さんがセデス兄さんとオレに遠慮がちに言うと、「不安です」と顔に書いてあるオレに苦笑して、セデス兄さんが頭を撫でてくれた。

「まったく、ユータは何が不安なんだか……僕は君がやりすぎないか不安なだけだよ。大丈夫だから、行っておいで？」

「ええと、試験中に泣いても会場を離れることはできません、保護者の方が会場に入られた時点で試験はキャンセルとなりますので……ご注意願います」

「大丈夫、泣かないです」

さすがに、泣きはしない……と思う。お姉さんはオレの様子を見てだいぶ不安に思ったみたいだ。ちょっと憮然としたオレに笑う、セデス兄さん。

「いって、きます……」

「いってらっしゃい。大丈夫だから」

ふわっと笑ってオレのほっぺをぷにっとすると、セデス兄さんが離れ、ぎゅっと唇を結んだオレは、手を振ってセデス兄さんに背中を向けた。


緊張しながらお姉さんのあとについて歩くと、外から見た時も大きかった建物は、中に入るとさらに大きく広く感じた。不必要なほど高い天井は、もしかしてほうきで飛んだりする人がいるからだろうか⁉　お城と大学と教会をまぜこぜにしたような雰囲気は、質素な家並みのヤクス村からすると別世界に来たようで、突然未来に飛ばされてきたような錯覚をしてしまう。

「さあ、こちらでお待ちいただけますか？　……ぼく、本当に受けに来たの？　来たいって言ったの？　お兄さんは優しそうだったけど……」

お姉さんはどうやら、オレが無理矢理連れてこられたんじゃないかと心配しているようだ。

「ありがとう！　大丈夫です。オレ、はやく学校に来たかったの」

「そう、それならいいわ。学び舎《や》は望む者誰にも機会を与えるべし、ね。ここで待っていたら先生が来るから、座っていてね」

ドアのない教室らしき場所は、想像していた教室と大差ないもので少し安堵した。心配げに立ち去るお姉さんを見送って、ぽつんと1人、教卓の前の席に腰掛ける。

すん、と鼻をひくつかせると、木の香り？　薬品の香り？　特段いい香りではないけれど、なんだか懐かしい匂いがする。机には落書きと、ナイフらしきもので削った跡があって、どこの世界でも子どもは変わらないなと思うと、なんだか可笑しくて、くすっと笑う。別の世界の初めて来た場所で、ただただ懐かしいなと、そう感じた。

――ここが学校なの？　広くてお城みたいなの！　ここに住むの？

「ふふっ、住むのは別のところだよ。ここは色んなお勉強をするところ。授業の間は退屈だと思うから、ラピスは自由にしていてね。ティアも別の場所に行っってていいんだよ？」

——ええ……退屈なの？　でも学校は安全なの？

「安全だよ。ちゃんと障壁《しょうへき》で守られているんだって！　それに強い先生たちもたくさんいるし、こんな街の中だから魔物も来たりしないよ」

——そうなの？　じゃあ、退屈なときはラピスも遊びにいくの。

興味津々であちこちを覗く様子だと、しばらくは退屈しなさそうだね。ラピスには学校にいる間は普段より強めの「見つかりにくくなる魔法」をかけてもらっている。

コツコツと廊下を近づく足音がして、ラピスがオレのそばに戻ってきた。

「おお、本当にちびっ子だね。こんにちは！　私はメリーメリーだよ！　ここでは試験をするんだけど、大丈夫かな？　君は4歳だけど、入学したいってことで合ってるかな？」

颯爽《さっそう》と入ってきたのは、若い女性？　淡い緑のショートカットに同じ色の瞳……こんな髪の色もあるんだね。オレのことをちびっ子と言うけれど、溌剌《はつらつ》としたその女性も相当に小さい……１４０㎝くらいじゃないだろうか？　日本ならともかく、このあたりの人は１９０㎝もザラにいるほど大柄な人が多いから、とても小さく見える。

「んん？　どうしたのかな？　先生にお返事は？」

「あっ！　はい！　だいじょうぶです」

どうやらこの人が先生らしい。まじまじと眺めていたのに気付いて、オレは慌てて立ち上がって返事をした。メリー先生だろうか、メリーメリー先生だろうか？　割とどうでもいいことを悩むオレに、先生はにぱっと笑って手を振った。

「いいよいいよ、座っててちょうだい！　若いのに早くから勉強したいなんて感心感心！　先生は嬉しいよ！　じゃあさっそく始めようか！」

いよいよだ……。裏返しに置かれたざらついた紙を見つめて、オレはごくりと喉を鳴らした。

「じゃあ先生がお店の人ね、君はこの紙に書いたモノを買うお客さんをしてね。お金はこれ」

「……はい。これとこれ下さい」

「らっしゃい！　兄さんお目が高いねえ！　しめて１００レルだ！」

「………はい」

「お、ちょうどだな！　まいどあり！」

「さてここにアプルがみっつあります。君にふたつあげよう！　先生の分は何個かな？」

「……ひとつ」

オレは何をしているんだろう……なんで先生とお遊戯《ゆうぎ》をしているのか……。しばし無の境地で耐えたあと、やっと目の前の紙を表にした。

「自分のお名前を書けるかなー？　あとはできるところを埋めていってね」

「……」

オレは泣きそうな気分で、1から順番に数字をなぞってうさぎさんの絵を描いて、動物の中からゴブリンを選んで、描かれた時計の時刻を答えていった……。

「よぉし！　よくがんばったね、えらい！　これで試験は終わり、あとは審査を受けて帰ってね」

「……ありがとうございました……」

「あっはっは！　だから言ったじゃない」

「……」

オレは大笑いするセデス兄さんの胸に顔を埋めてしがみつくと、めいっぱい甘え中。だって、なんか悔しかったんだ……あんなに緊張してたのに。腹が立つのとホッとしたのと、もどかしい思いを持て余して、ぎゅうっと顔を押しつけた。

……試験……試験って……。なんだかオレは精神的ダメージをすごく食らってしまった。

6歳にできることってこんなもの？　もうちょいできるよね？　でも幼稚園も小学校も行ってない6歳だもんね……こんなもんなのか。思えばやたらとお金の問題だけ多くて、100レルは貨幣でどれになるかとか、１２３０レルだと貨幣は何を出せばいいかとか……。６歳でも１人で暮らしていけるかどうかが入学の条件になってるのかもしれないね。

「まあまあ、これで安心したでしょ？　試験って言っても入学できるかどうかを知るためで、落とすためのものじゃないからね！」

それならそうと言ってほしかった……オレはしばらく、セデス兄さんにしがみつくコアラになった。

「落ち着いたかい？　そろそろ行こうか」

仏頂面のオレは、手を繋いで審査会場に向かう。審査といっても健康診断みたいなもので、向き不向きやクラス分けのためのものらしく、これで入学できなくなることはないそうだ。

「あれ……ユータ？」

訝しげな声に振り向くと、父親と連れだったタクトがいた。

「おや、ロクサレンの……先だってはお世話になりました」

顔馴染みがいて嬉しくなったオレは、やっと機嫌が上向きになってきた。

「タクトも入学？」

「そうだよ！　ユータは４歳だろ？　なんでここにいるんだ？」

「オレも入学するの！」

驚く親子に事情を説明して、一緒に会場内を歩いていく。タクトがお兄さんぶって手を引いてくれるのが、なんだかくすぐったかった。

「ふふ、友達がいたら大丈夫かな？　何事もほど、ほど、ほどに、ね？　保護者はついていけないし、僕は手続きしてきてもいいかい？」

「うん、大丈夫！」

「父ちゃんも帰っていいぞ！」

張り切った2人で審査会場の扉を開けると、うわんと音の洪水が溢れ出した。6歳の子どもがわんさか集まったもんだから、うるさいことうるさいこと！　こちらの子どもは早くから自立する必要があるので、学習の面以外は日本よりよっぽどしっかりしているのだけど、さすがにこれだけ集まると大変だ。会場内はぐるぐると蛇行する一方通行の通路になっていて、子どもが出口に行くまでに全ての審査を通過できるように作られていた。

「はい、腕を出して」

受付で名前を告げると、男性が腕にバンドを巻いてくれた。これで個人を識別するらしい。

「いこうぜ！」

タクトがうずうずしてオレを引っ張っていく。審査ってどんなものかな？　オレもちょっとドキドキしながら列に並んだ。

まずは普通の健康診断みたいに体重や身長、あとは視力や聴力なんかを測ったみたい。行く先々で、あら、小さい、と言われて、結構傷ついた……。幼い頃の年齢差は大きいからね……明らかに小さいのが分かるだけにへこむ。

「はーい、ここに座って。いいですかー、今から配るものをこうやって……端っこをお口に咥《くわ》えて下さい。いいと言うまで離しちゃいけませんよー！」

こちらは数人まとめて測定をするみたいだけど、配られたのは色のついた細長い紙？

「はーい、ぱくっと咥えてー！」

しげしげ眺めていたら、声がかかって慌てて咥える。ざらついた紙の味……なんの変哲もないな。

「はい、いいですよー！」

「あれ？」

紙はなんだか色が変わっている。何を測ったんだろう？

「回収しまーす！　次へどうぞー！」

なんだか分からないまま紙を回収されて、さらに次へ。流れ作業の工場で商品になったようだ。

「はい、ジャンプ！　……はいＯＫですー！」

「ここここにタッチして往復してね、はいスタート！」

ここでは体力測定っぽいことをしているみたいだなぁ。

ちっちゃい子が一生懸命飛んだり走ったりしてるのは、見ていて微笑ましい。……まあ、みんなオレより大きいわけだけど。

「はい、君はこっちで君はここねー！」

あ、しまった……前のタクトがするのを見て真似しようと思って気を抜いていたら、測定場所が分かれてオレの番になってしまった。６歳児の身体能力ってどの程度!?

「はい、ここでジャンプ！　一番高いところで板をタッチしてね」

焦るオレに気付くこともなく、係の人は声をかける。ま、まあ垂直跳びならそう差が出ることもないからいいいか。気を付けるのは大きな加護を持っている、素早さを測るところだ。

気を取り直して、目盛りのついた板の横に立って気付いた。これ、なかなか年季が入っていて所々かすれている。つまり、手をついた跡がたくさんあるところにタッチすればいいじゃない！　名案を思いついたオレは、一番かすれているところ目指してジャンプ、見事、平均ど真ん中をキープだ。

「はーい！　次々来てね！　こっちだよ！」

力を測るやつは、普通にやって問題ナシだ。多少力がある方だけど、目立つほどではないからね。問題はこっち、きっと速さを測るやつ。

「こっちの壁の印をタッチして、向こうの壁の印をタッチするんだよ！　時間内にどれだけできるか数えるからね！」

オレは目を皿のようにして前に並ぶ人たちを観察する。幸い気を付けていたので、前にはいくらか人がいる。この人たちの平均くらいにすればいいんだ。

どうやら時間は1分程度、平均は7回ぐらいかな？　だから8～9秒で往復すればいいってわけだ。これも問題なく平均ど真ん中、7回をマークして次へ。

「あ、タクト！」

「ユータ！　はぐれちゃったのかと思ったぜ」

どうやら列が再び合流したようで、無事にタクトと再会を果たす。

「疲れたな！　走るヤツとかキツかったなー！　オレギリギリ8回！　ユータは？」

「オレは7回だったよ！」

オレはにっこりと安堵して答える。今日のオレはカンペキだ……誰も文句は言うまい。

全ての審査を済ませてリストバンドを返却すると、これで入学前にすべきことは終了だ。

「ユータ、タクトくん！　こっちだよ～！」

会場を出ると、セデス兄さんが手を振っているのが見えた。キラキラしいオーラを放つからよく目立つ。

「無事に済んだかい？　お疲れ様」

「うん！　大丈夫！」

タクトとバイバイすると、2人で宿まで歩く。道すがら今日のオレがカンペキであったことを伝えると、訝しげな顔をされた。

「うーーん。大丈夫かなぁ？　ユータのことだから何かしでかしてる気がして仕方ないよ」

せっかく上手くできたのに、なかなか信用してもらえない……オレはオオカミ少年みたいな気分を味わいながら、むくれて歩くのだった。

「あー終わった終わった！　なあ、オレのとこすっげー子がいたぞ！　ちっこいのにジャンプ力ヤバイ！　思わず無言になっちゃったよ。大人の平均ラインに行ったぜ」

「私のとこにもヤバイ子いたみたいよ？　魔力紙の結果が飛び抜けてる子がいたのよ」

「こっちは大体例年通りだが、変なデータの出た子がいるな。最初から最後までスピードが落ちない子」

「ふむ、今回は例年より優秀なのが何人かいたってことか。では、各ブースの何番かをピックアップしていこうか。まずは各ブース、その目立った子の番号を教えてくれ」

「「「56番！」」」

思わず顔を見合わせる、係員もとい先生たち。

「……え？　どういうこと？」

「同一人物……？」

「じゃ、じゃあ、あのちびっ子が？」

今日の出来に満足して眠るオレは、完璧だったはずの審査が物議を醸《かも》しているなんて、知るよしもなかった。

入学まであと少し……期待半分、不安半分だ。

7章　郷愁の味

「ねえねえ、ユータちゃん、着てみせてよ！　おねがい！」

かわいくお願いしているエリーシャ様が持っているのは、オレの制服。サイズが自動で調整されるという便利機能のついたお高い服！

あれからハイカリクに1泊して帰ってきたのだけど、セデス兄さんが制服を受け取ってくれていたみたいだ。オレも着たいけど、何もこんな朝一番に部屋に乗り込んでこなくても。

請われるがままに袖を通すと、感じるわずかな魔力。制服も魔道具の一種になるのかな。

「いいっ！　素敵！　ふっふぅ！」

制服姿に大はしゃぎしたエリーシャ様は、館中どころか村中にオレを連れて回った。エリーシャ様……オレ恥ずかしい。エリーシャ様はどうしてこう冷静な時とそうでない時のギャップが大きいのか……別人レベルだと常々思う。

館に戻ってさっさと制服を脱いで、恨めしげな目を向けられたけど、あんまりかわいいと言われてもオレはちょっとばかり複雑だ。だってもう学校に行くんだよ？　タクトだってしっかりと男の子の雰囲気を漂わせていたし、村のルッカスだって男の子！　って感じだ。オレはまだ4歳だから仕方ないけどね。6歳になる頃には男の子らしくなってるんだ。多分。

エリーシャ様とメイドさんたちから逃れ、部屋で一息吐くと、学校に入学するまでの貴重な時間に何をして過ごそうかと考えをめぐらせる。ただ、学校に行ってもたびたび戻ってくる気がするから、あんまり変わりないかもしれない。

「そうだ！　うーーん、これどうしよっかな……」

ふと思い立って、収納から取り出した雑多な品々を前に、オレは悩んでいる。目の前に並ぶ品々から漂う、あまり感じのよくない気配。あの日、ハイカリクで呪いグッズの被害を受けそうになったお詫びにと、色々もらった呪いの品。セデス兄さんに解呪していいよと言われたけど、呪い自体が役に立つものだったら困るなあ。

『お主、そんなものを集める趣味があるのか……』

失礼なことを言いながら、手元を覗き込んだのはチル爺。

『ユータ、それなに？』『さわりたくないかんじ』『きもちわるーい！』

妖精たちには呪いが分かるんだね、散々な言われようだ。

「これはね、呪いの品なんだけど、もらっちゃったからどうしようかなと思って。オレが集めてるわけじゃないよ、役に立つ呪いもあるらしいからさ」

『役に立つ、のう……人は案外そういうところが鈍くできておってよいの。我らはそんなもの気持ち悪うて持ってられんわ』

そうなのか。あまり気持ちよくはないけど、この程度ならさほど禍々しくは感じない。でも、気持ち悪いなら、浄化してしまうのもいいかもしれないね。いい練習になるだろうし！

「よーし、じゃあ解呪しちゃおうかな！」

『お主、そんなノリで……』

まずは、一番呪いが軽そうなカトラリーセット。呪いの効果は、持つと一瞬震える、ただのビックリグッズだ。こんなささやかな呪いだと、むしろ形として捕まえる方が難しい。ルーの呪いに比べたら吹けば飛びそうなレベルで、あれが呪いという生き物だとしたら、こっちのは残り香みたいなものだ。消去してしまった方が早いだろう。うーんと……こういうのどうだろう？　今回の解呪、消し去ってしまうから『浄化』だろうか、具体的なイメージが固まった。

『ユータよ、呪いの解呪というのはそもそも、生命魔法使いでも素質がいるものでの、回復より高度なものじゃから、そうほいほい誰もができるワケではないのじゃよ？　ちゃんと習ってから段階を踏んで……』

「えーと、浄化！」

イメージをまとめ、ピッと指さすようにカトラリーに人差し指を向けると、しゅわっと金色の霧が広がって包み込んだ。

『……簡単そうじゃのう』

そうでしょう！　いいのを思いついたと思うんだ。さあどんどん浄化しちゃうよ～！

「浄化、浄化～！」

シュッシュ、シュワッ！　これは簡単便利！　さほど時間もかからず、呪いの品はただの雑多な小物類になった。軽い（？）呪いにはこれがいいね！　重い呪いには、ルーの時に使った浄化法。洗浄や滅菌を含めた選択的な浄化には、薬草の時に使った白血球くんがいいね。浄化もどきだけで3種類も魔法ができてしまったけど、ルーの時のが一番特殊だったからなぁ。あれは2度と使うことはないかもね。

ついでにお部屋にもシュッシュと！　完全無香料で抗菌抗呪作用がありますよ～なんてね。

金色の霧の中を、妖精たちがきゃっきゃとはしゃいで飛んでいる。

『きれい～！』『きゃー！　気持ちいい！』『こっちもこっちも！』

『……高度な魔法……』

チル爺が何やら煤《すす》けた背中を見せて、窓の外を眺めていた。

「さて、あとはこれなんだけど……。チル爺、これなに？」

『ふむ？　なんじゃこれは？』

見た目は何やら、模様か呪文《じゅもん》が描かれた円柱型の物体だ。中が空洞なら花瓶に見えるかな？

『ゆーた、ここ！』『なにかかいてあるよ？』『せつめい？』

謎の物体だったので他と分けてあったんだけど、説明書きがあったのか。

「えーと……これは店員さんのメモだね。何か調べてる途中だったんだろうね……」

そんなものをお詫びの品に入れないで欲しいと切に思うが、もらってしまったものは仕方ない。そこには汚い字で『――仮：魔力を吸い取る呪い。魔力保管庫に呪いを添付したものか？敵側の魔力吸収に有効ではないか――』と書かれていた。色々検討したらしき呪いの考察が斜線で消されているところを見ると、概ねこの情報が最終決定でいいのだろう。

「魔力保管庫ってなに？」

『ほほう！　魔力保管庫じゃったか。魔力保管庫はそのまま、魔力を貯めておくものじゃよ。どのくらい貯められるかで価値は変わるが、大型の魔法を使う時なぞ便利なものじゃぞ』

へえ、いいものがあったね！　充電式の電池みたいなものかな？　呪いの効果はいらないからシュシュッと浄化してしまおう。

でも、どうやって魔力を貯めておくんだろうね？　試しに魔力を注いでみると、土に水が染み込むように、すうっと吸い込まれていく感覚がある。おお、これは面白い。

『ふむ、なかなかの拾いもののようじゃな！　こいつは魔力保管量が多そうじゃ』

なんだかいいものもらっちゃったな。オレは貯金箱みたいに毎日寝る前に魔力を貯めようと、枕元に保管庫を置いた。

あとどうしてもやっておきたかったのは、ナギさんからもらったアレ！　わくわくしながらお部屋で準備を整える。まずは大きな鍋にいっぱい水を入れて、昆布もどきを浸けておき、その間に鰹節もどきを削る。しゅっしゅと木の棒みたいなものをナイフで削ぐと、スーパーでよく見かける削り節になっていくのが面白かった。せっせと薄く削っていると、ラピスがこれは任せろと言うので、ちょっと不安に思いつつもお願いしてみた。

「きゅー！」

ラピスの声に伴って、部屋の中に手乗りサイズの小規模な竜巻みたいなものが発生した。恐る恐る鰹節もどきを近づけると、みるみる削られていく……何その怖い竜巻。

……そして削った鰹節は、竜巻に煽《あお》られて舞い踊る。

「ま、待って待ってー！」

ひとかけらも逃すまいと、大胆かつ繊細《せんさい》に風を使って必死で集める。オレの宝物がー！

『器用じゃのう……。さすがヒトじゃ』

チル爺が感心してうんうん頷いてるけど、ちょっと手伝ってよ！

「だれかっ、そうだ、ラピス部隊！　出動ー！」

「「「「きゅー!!」」」」

アリスたちを呼んで、みんなで舞い散る削り節を集めようとする。でも、みんなこれが何か分かっていないから……てんやわんやの大騒ぎで、オレは大忙し。

「あっ、ウリス！　水魔法は使っちゃダメ！　濡らしちゃダメなの！」

「ああ！　オリスっ、これゴミじゃないの！　必要なの！」

「あっ！　チル爺！　ちょっと退《の》いて！」

『おわわわわー!?』

エリスの風に巻き込まれて、削り節の袋に放り込まれるチル爺。ちょっと！　大事な削り節だから早く出てきてね！　今はチル爺に構ってる暇はないの！　削り節を集めんとする風の渦と、凶悪な小型竜巻、そして飛び交う管狐と、部屋の中は天変地異のような大騒動だ。

ぎゅいーんと鰹節を削っていく恐ろしい竜巻が役目を終えて消えた頃、あとに残るは、ぐったりとしたオレと大量の削り節。思わぬところで大変だったけど、ふわふわの削り節を見ると苦労も気にならないよ。

さて、いよいよお湯を沸かしてまずはかつお？　だしをとるぞ！　透き通ってきれいな一番だしを確保して、二番だしまでとったら出し殻《がら》もちゃんととっておく。お醤油が見つかったらこれでふりかけを作るんだ。続いて浸けておいた昆布の方のだしもとったら、その昆布もとっておいて再利用だ。貴重な和風食材だもの、無駄にしたら罰が当たるね。収納に入れておいたらカビることもないし安心安全だ。

淡く黄金色に輝く一番だし、その魅惑《みわく》のひとすくいを、ドキドキしながら一口……。

「……これだ」

これは鰹節だ。魚は違うのかもしれないけど、これはあの懐かしい味。体の奥に刻まれた、故郷の味。昆布の方も、むしろスーパーで買った安い昆布よりよほどいいだしが出ているのだろう、オレが今までとっただしの中で一番美味しかった。少し、ほんの少し寂しい気持ちが頭をもたげるのを振り払って、オレは満足気に頷いた。

うふふ、和風だし……和風だしが手に入ったぞ……これであとは醤油があれば……!!

うきうきするオレに、不思議そうな妖精たち。

『ユータ、それなに?』『おくすりー?』『ちょうごうするの?』

「ちがうよ! これはお料理に使うんだよ! オレの故郷の味なんだ」

『ほほう! それは興味深いの! ぜひお相伴《しょうばん》に預かりたいものじゃ!』

チル爺がぐっと身を乗り出してくる。もう、こういう時だけノリノリなんだから。

「うん! お口に合うか分からないけどね。でも、あとお醤油が欲しいんだ……お醤油があればお味噌《みそ》もあるかなって思うんだけどね」

『ふむ？　どんな調味料じゃ？　ワシの数百年の知識にあれば幸いじゃ』

そうか！　長く生きている人に聞けばよかったんだ！　カロルス様みたいな人だと、長生きでも調味料のことなんて知らないかもしれないだろうけど。

「あのね、豆から作った調味料で、黒くてしょっぱい液体なの。たぶんお魚で作った似たものが、海人のところで使われてると思う。あと、同じ豆で同じように作られる、ペースト状の茶色い調味料。これもしょっぱくて独特の風味があるんだよ」

『ふーーーむ。……あったようなかったような。調味料なぞ大して気にとめておらんかったからのう。ばーさんに聞いてみよう』

チル爺、やっぱりと言うべきか、調味料のことは知らないみたいだね。でもおばあさんならもしかして……期待を込めてお願いしておく。せっかくなのでおばあさんに和風だしの味見をしてもらおうと、帰り際に小瓶に分けて渡しておいた。

せっかくだから、今日とった和風のおだしを使った料理を作りたいな！　だしをそのまま味わうならやっぱりお吸い物？　オレは収納内の食材を漁《あさ》る。香草だけ入れたお吸い物もいいけれど、せっかくの初和風料理なので気合いが入ったものを作りたい……あと必要なのは山芋。似たようなものならきっとあると信じて、オレは調理場へ突撃した。

「ふうん……くれてやってもいいが、分かってるな？」

「情報、でしょ？　分かってるよ」

どこのマフィアかと思うようなやり取りを経て、ジフたちが見守る中、また一からだしをとるところから始める羽目になった。でも昆布は時間がかかるからあとでね！　やり方は教えるから。あと、これはオレの貴重な食材だからね！

「は……なんて繊細な味だ……！」

「この澄んだ味わい。心が洗われるようだ……」

初めての和風だしは、料理人さんに驚きを持って受け入れられたようだ。こちらのお料理とは全然違うから不安だったけど、随分と感動してくれたみたい。これからは優しい和風のお料理レシピも伝えていきたいな。


「お？　なんだこれ？　これはユータだな？」

「うわーきれい！　なんだろ？　お湯に入ってるの？」

「なんだかオシャレねえ！」

お椀《わん》に注がれた澄んだおだし、白いしんじょがひとつ、香草が少し。見たことのない料理にみんながこちらを向く。見慣れない料理はもれなくオレが関わっているとご存知のようで。

「これはね、オレの故郷の味なの。お吸い物って言うんだけど、とても繊細な味だから、他のお料理の前に召し上がれ。ちょっと独特の味だから、お口に合わないかもしれないけど」

そう言ってお椀を両手で包むと、目を閉じてそっと一口。うん……しみじみと広がる香り、体にほどけて消えるような優しい味わい。懐かしくて、温かくて、少し涙が浮かんだ。

「……これは……美味いな」

ほう……と息を吐いたカロルス様が目を細める。よかった、地方によって合わないところもあるから心配していたんだけど、大丈夫だったみたい。皆じっと静かにお椀を見つめている。

「美味しくて……なんだか切ないわ。涙が出そうよ」

「本当に、美味しいよ。どうしてこんなに優しい味なんだろう」

「……ユータ、寂しいか？」

料理にオレの郷愁《きょうしゅう》が伝わったりするのだろうか。オレは驚いたけれど、答えはひとつだ。

「ううん！　懐かしいとは思うけど、寂しくないよ。オレはここが好きだから！　ただ、オレの故郷の味をみんなに伝えたかったんだよ！」

「そうか……」

安堵した顔のカロルス様が、再びお椀に口をつけた。

ロクサレン家ではこのあとしばらく、食前に嗜《たしな》むお吸い物ブームが訪れてしまった……貴重な食材が……またナギさんにお願いしなくては。

◆◇◆◇◆

「ねえ、ルー。オレ学校に行くんだよ、入学できますって通知が来たんだ」

『……そうか』

「ハイカリクの街で、寮で生活するの」

『……そうか』

「冒険者にもなれるんだって！」

『……そうか』

大きなたっぷりもふもふを、丁寧にブラッシングしながら話しかける。右手でブラシを動かし、左手でそのサラサラとした指通りを楽しみながら、うとうとするルーを眺めた。さっきから半分夢の世界に足を突っ込んで、何を言っても『そうか』なんだもん。今だってフェアリーサークルで行き来しているから、学校に行っても何も変わりがないのは分かるけれど。

でも、もうちょっと興味を示してくれたっていいと思うんだけど！　そろそろ9割ぐらい寝ているルーのブラッシングを終えて、その極上毛皮の上に乗っかった。微睡みの中にいるルーは、『退け』と数回しっぽでぴしりぴしりとやるけれど、目を開けることもしない。

「もう、みんなはもっと心配してくれたよ？　もうちょっと気にしてくれたっていいのに」

顔を擦りつけてふわふわを堪能してから、片側のほっぺと耳を毛皮に伏せてうつ伏せになると、体を揺らす鼓動と呼吸に耳を澄ませる。オレはこうやってふかふかのルーに乗っかって鼓動のリズムに揺られ、ゆったりとした呼吸を感じるのが大好きだ。

大きな生き物のいのちの気配。ああ、落ち着く……。

うとうとしていたら、何やら脇腹をつつかれている気がする。

「……？　うわ！　ビックリした～！」

目を開けると、どアップで映し出される濡れたお鼻。オレはすっかり囲まれていた。

「みんな来たの？　そんなにたくさんは無理だよ……ちょっとだけだからね？」

たくさんの森の幻獣さんが期待を込めた瞳でこちらを見つめている……いや、正確にはオレの手に握られたブラシを見つめているのだろう。でも……。

『……』

やっぱり。ルーの様子を窺うと、眠っているように見えるけど、不機嫌そうに振られるしっぽ。幻獣たちをブラッシングしていると、ルーのご機嫌が急降下するんだよ……。

「今日はこれで終わりね！」

しばらくブラッシングをしてからこう言うと、渋々と幻獣たちは森へ帰ってくれる。とても素直でよろしい……ルーが怖いのもあるだろうけど。

「どうして怒るの？」

ルーのところに戻ったら、もう1度ブラッシングしながら声をかけたけど、ルーは眠ったふりして返事をしない。都合が悪いとすぐ寝たふりするんだから。再びぱたり……ぱたりと機嫌よさげに揺れ出したしっぽを確認して、オレも温かな毛皮のベッドにうつ伏せる。今度こそ、この穏やかな気配に包まれてひと眠りしよう。明日から学校が始まったら、きっと今より忙しくなる。こんな風にのんびりとお昼寝する機会も減るかもしれない。ルーと過ごす、オレのお気に入りの時間。

ふかふかの体にしがみつくようにして抱きしめると、そっと微笑んだ。

◆◇◆◇◆

しばらくオレが料理をすることもないだろうから、今日の夕食はオレが腕を振るって和洋折《わようせっ》衷《ちゅう》な地球料理のオンパレードにしたよ！　残ったら収納に入れておこうと思ったのに、何も残らなかった……この人たちの胃袋はどうなっているんだろうか。

和食をみんなが好きになってくれて嬉しい！　中でもカロルス様はだし巻き卵、エリーシャ様はお吸い物、セデス兄さんは茶碗蒸《む》しがお気に入り。ただ、美味しいけどカロルス様たちのお腹を満たすには物足りないみたいで、前菜みたいな扱いだ。お醤油があればもう少しガツンとくるメニューも出せるんだけどな。ホント和食って大体醤油が入ってるよね……日本の料理って全部醤油味！　って言われるのも分かる気がするよ。

そして、みんな大好きカニ料理、それとお魚料理は現在着々と勢力を拡大していっているそうな。オレが立役者だからお金を貯めておいてやるって言われて、断るのが大変だった。

「なぜだ⁉　これはお前が稼《かせ》いだ金だぞ！」

「オレは何もしてないもん！　カロルス様たちが動いたからこそのお金だよ！」

「いや、それでも元はお前が！」

「子どもがそんな大金持ってたら『あくえいきょう』があるんだよ！　だからいらないの！　オレは自分でちゃんと稼いで喜びたいの！」

「うぐ……しかし！　俺たちだってお前の金を使いたくないぞ！」

「じゃあ、オレはここが好きだからここのために使ってよ！」

しばし押し問答の末、渋々ロクサレン家のお金として懐《ふところ》に入れてもらうことに成功した。少しでもロクサレン家の助けになれれば嬉しいんだけどな。オレの方はなんだか自分が生活する分ぐらいならなんとかなりそうで……それなのに居候《いそうろう》していて申し訳ない気分だ。

デザートまでしっかりと平らげた面々は、遅くまでソファーでくつろいだ。セデス兄さんの学校時代のことを聞いたり、カロルス様の冒険譚《たん》を聞いたり、エリーシャ様の貴族裏話を聞いたり。それぞれのお膝に乗せてもらって聞くお話は、どれも物語のようでとても面白かった。

「……いつまでもお話ししていたいけれど、ユータちゃんはそろそろ寝ないとね？」

エリーシャ様はふわふわとオレの頭を撫でながら、名残惜しそうに言った。

「……そうだね。お寝坊したら大変だよ？」

「明日はベッドまで持っていこうとするなよ？　おやすみ」

後ろ髪を引かれるけれど、もう夜遅い。促されるままにお部屋に戻ってベッドに潜り込んだ。


「……どうした？　眠れないか？」

暗闇の中、静かにオレの部屋へ入ってきたカロルス様は、オレと目が合って少し驚いた様子だ。今日はカロルス様が来ると思ったんだ。眠かったけど、待ってたんだよ。そっとオレの頭へ伸ばされた手を掴むと、大きな硬い手は、随分と冷たかった。

「あのね、オレが寝るまででいいから、いっしょに寝よう？」

「……。それは誰のためだ？」

自嘲《じちょう》気味に苦笑したカロルス様が、オレに手を引かれるまま、片肘をついて横になった。大きく沈み込んだベッドが、みしりと音を立てる。

「カロルス様、寮のベッドはどんなの？」

「まあ……安宿よりはいいぞ。寝具は自分で用意すればいいしな」

「やっぱりベッドは持っていっちゃだめ？」

「当たり前だ。それに寮の部屋なんざ、ベッドがなんとか入るぐらいのスペースしかないぞ。このベッドなら入らんかもな」

「そんなに狭いの！」

ふっと微笑んだカロルス様は、オレの額に手を置いて目を塞いだ。

「早く寝ろ、明日早いぞ」

もっとお話ししたかったけれど……。

「はぁい……おやすみなさい」

置かれた手の温かさに安堵して、オレは目を閉じた。

「おやすみ……ありがとよ」

ふわふわと途切れそうな意識の中で、微かなカロルス様の声が聞こえた気がした。

外伝　ようこそ、ヤクス村へ

「この猿！　これは俺がもらったの！　俺の!!」

『イーナのぉ！　イーナもぉ!!』

ヤクス村への道中、ぎりぎりとお互いのおでこに片手を突っ張って、クッキーの小袋を取り合う、タクトとイーナ。ねえタクト……それお猿さんだよ？　そんな張り合わなくても……。

「イーナはクッキーなんて食べられないんじゃない？」

「それ、何で出来てんのか知ってる？」

「うん、オレがつくったんだよ？　小麦粉と、お砂糖と、バターぐらいだよ」

新たなクッキーを1枚小柄さんに渡すと、すごく驚いた顔をされた。やっぱり貴族の子どもが自分で作るのって、とても珍しいんだね。

「それなら食えるけど、これは俺がもーらい！」

『アアーー!?』

小柄さんの方へ駆け戻ってきたイーナが、目の前で口に放り込まれたクッキーを見て、崩れ落ちた。ずうんと項垂れて振り返れば、タクトも最後の1個を口に放り込み……声もなく伸ばされたふさふさの手が、空を掴んでぱたりと落ちた。力なく馬車の床へ横たわったイーナの見開かれた目には、ただただ空虚な「無」が映り込んで……いやいや、そこまでへこまなくても。

「え、えっと……イーナ、たくさんはダメだけど、ちょっとだけ、ね？」

――それ、ラピスたちの！

取り出したラピスとティア用の小さいクッキーに、ラピスが敏感に反応した。ティアの方は変わらずのんびり、いいよぉ～とでも言っているようだ。

「またいっぱい作るからね？　できたてのクッキーあげるから、これはイーナにあげて？」

――あつあつ！　柔らかくて甘くてほろっとするの！　それならいいの！

ご機嫌になったラピスににこっとして視線を戻すと、視界いっぱいに迫ったもふもふが……。

「うぶっ⁉」

顔面に飛びついたイーナが、サッとオレからクッキーを取り上げると、素早く小柄さんの肩に戻った。誰も取り上げたりしないから、ゆっくり食べたらいいのに……。

「これ、めっちゃ美味いじゃん⁉　イーナより俺にちょうだい！　イーナはこれな」

『アアーーー⁉』

ごめん、イーナ。取り上げる人がいたみたいだ。クッキーの代わりにリンゴのかけらを押しつけられて、イーナが悲壮な叫びを上げた。

「それ、イーナにあげたの！　めっ!!」

「えー俺1枚だけぇ？」

小柄さんは渋々イーナに返してくれたので、代わりにそっと普通サイズのクッキーを渡しておいた。他の皆さんにも配ろうかと思ったけど、強面さんとリーダーさんは甘いの苦手そうだよね……顔のイメージ的に。そう思いつつちらりと馬車の前方に視線をやると、ぎんっ！　とこちらを睨みつける、モスグリーンの瞳と目が合ってビクッとした。

「え、えーと。甘いの、だいじょうぶだったら……どうぞ？」

自分が見つめていたことに気付いた強面さんが、ハッとしてそっぽを向いた。

「へー、いらないの？　じゃあ俺が！」

『イーナのぉ』

ビシバシッ!!

痛烈な音を鳴らして、左右から伸びた小柄さんとイーナの手がはたき落とされた。

「……もらう」

悶絶《もんぜつ》する2人を尻目に、強面さんは仏頂面でクッキーの小袋を受け取った。いそいそと小袋を覗き込む姿に、隠しきれない喜びが滲み、オレはくすっと笑って、慌てて口を押さえた。

「ユータってこんな美味いもの作れるの？　な、一緒にハイカリク行こ！　ウチは父ちゃんしかいないから、美味いもの作ってくれたらぜったい喜ぶって！」

目をきらきらさせるタクトに詰め寄られ、苦笑した。タクト、作るには材料が必要でね、人数が増えたらその分エンゲル係数も上がっちゃうんだよ。

「ありがとう、でもこどもが2人になったら、パパさん大変だよ？」

「大丈夫だって！　俺がすぐに養《やしな》えるようになるんだから！」

自信満々で胸を反《そ》らせたタクトには、夢と希望がいっぱい詰まっていて、自然と頬がほころんだ。君を助けられて、本当によかった。

「ふふっ！　強い冒険者になるのは、大変って言ってたよ？　あのね、カロルス様はAランクの冒険者さんなんだよ！」

今度はオレが誇らしげに胸を張り、タクトが目を丸くした。

「ええっ!?　Aランク!?　す、スゲー!!　それって領主様だろ？　お前の父ちゃん？」

「ううん、オレを助けてくれた人だよ」

「そうか！　いいなあ……村に着いたらオレにも紹介してくれよ？」

タクトがヤクス村に住んでくれたらいいのに。そしたら、ルッカスとタクトとオレで、毎日いっぱい遊べるのに。訓練だって一緒にできるよね、トトもきっと将来は訓練したいって言うだろうし、みんなでやれば楽しいだろうな。

「うー……でも俺は本格的に冒険者になるんだから！　遊んでちゃダメなんだ、本気の本気で強くなるんだからな!!」

ヤクス村に住もうって誘ってみたけど、散々ぐらつきながらもタクトの意志は固いようだ。彼が立派な冒険者になる頃には、オレもきっと冒険者になっているはずだ。その時は一緒に冒険できたらいいね。

オレたちはそれから、ヤクス村に着くまで冒険について熱く語り合った。

「ねえ、カロルス様、馬車でおともだちになったタクトだよ！　冒険者になるんだって」

ヤクス村に到着して、存分にカロルス様たちに甘えたあと、じいっとこっちを見つめる視線に気が付いた。慌ててタクトを紹介すると、カロルス様はオレを抱えたままのしのしと歩いてタクトの頭に手を置いた。

「おう、こいつと仲よくしてくれてありがとな。冒険者になるのか……楽じゃねえぞ？　怖いことも辛いこともあるぞ？」

「は……はいっ！　でも俺、冒険者になるって決めたんだ！　強くて、いっぱい稼げるAランクの冒険者になるんだ!!」

緊張しながらも、ぐっと拳を握ったタクトに、カロルス様が目を細めた。

「そうか……なら、止めねえが、強いってのは危険を見分けられるってことだ。お前の命はたった1つしかねえんだ、大事に、大事にだ。それができねえやつは強くなれねえぞ」

がしがしと撫でられて揺れる体を踏ん張り、タクトはしっかりと頷いた。

「Aランク……」

呟いたタクトの心には、しっかりと目標となる人物が刻まれたようだった。


「じゃーな！　また遊ぼうぜ！」

翌日、馬車を見送る泣きそうなオレに比べ、タクトは随分あっさりしたものだ。この世界じゃハイカリクまでの半日の距離は、ご近所感覚なのだろうか。

『ジャーナ！　イーナ、ジャーナ!!』

ふふ、そこはイーナじゃなくてユータって言うといいんだよ。ぴょんとオレの肩に飛び乗ってハグしたイーナは、ついでにポケットをまさぐって戻っていった。クッキーならピピンさんのバッグに入ってるからね、独り占めされないように気を付けて。

あまりにアッサリしたタクトと、ちゃっかりしたイーナに笑って、なんとか泣いたりせずに見送ることができた。よかった、タクトの前で泣いたら恥ずかしいもんね。

「タクト、ヤクス村に住んでくれたらよかったのに……」

なんだか一気にがらんとした応接室で、ぽつりと呟けば、なんだか余計に寂しくなって、すり寄ってきたプリメラをぎゅうっと抱きしめた。

「ユータ、そんなとこでちっちゃくなってどうしたの？」

ぽんと頭に乗せられた手に、そっと顔を上げると、ちょっと心配そうなセデス兄さんがオレを覗き込んでいた。

「それで？　お別れが寂しくって泣いていたのかな？」

ぷにっとオレのほっぺを突き刺して、どこか面白がるような声音だ。

「ちがうよ！　泣いてないよ⁉　オレ、泣かなかったもん！」

むきになってセデス兄さんの膝に腰掛けると、どすんと背中を預けた。くつくつと笑う振動が背中越しに伝わって、精一杯怒った顔で仰のいた。

「笑っちゃダメ！」

「ごめんごめん」

そう言いながら、ちっともくすくすの収まらない彼は、誤魔化すように後ろからオレをぎゅっとすると、頭に顎を乗せた。でっかいカロルス様に比べると、セデス兄さんはほっそり華奢に見えるけど、こうやってオレをすっぽり包んでしまえるほどに大きいんだなあ。

カロルス様とは比べられないけど、今はセデス兄さんでもいいよ！　オレはぬくぬくとしてきた体にほうっと息を吐いて、硬い腕を抱え込んだ。

「ねえねえユータちゃん、あのエリちゃんのところって貴族様だって本当？」

翌朝いつものように村へ遊びに行くと、わっとおばさんたちに囲まれてしまった。えーと、貴族様ってことは別に秘密じゃないから、言ってもいいはず。おばさんたちの迫力に気圧《けお》されつつ肯定すると、さっと頬を染めた彼女たちが色めきたった。

「貴族様よ！　こんな田舎に来てくだすったなんて！」

「素敵ねぇ、見た？　あの奥方！　儚《はかな》げに微笑んでらした、あのお姿の尊いこと！」

おばさんたちは村に住むのが貴族だと知って、まるでアイドルに集まるファンの様相だ。

「ね、歓迎会なんてどう？　村に貴族様がいるのよ⁉　歓迎してるって全力で示さないと！奥方の体によさそうなお料理を持ち寄ってさあ！」

歓迎会かぁ！　それはいいね。エリちゃんだって初めての村で不安だろうし。でもね、お忘れかもしれないけど、カロルス様たちも貴族なんだけど……。

文字通りの井戸端会議では、どうやら村主催の歓迎会を開く方向でお話が進んでいるようだ。

「そうと決まれば準備するわよっ！」

おばさんのふとましい腕が、がしっとオレを掴んだ。

「えっ？」

「え？　じゃないわよ！　ユータちゃんお料理得意でしょ？　お祭りの時も作ってくれたじゃない？　あれまた作ってちょうだい！　一緒にパーティーの準備するわよ！」

おばさんは、引きずらんばかりの勢いでオレを連れ去っていく。

「あ、ユータだ！　お前何悪いことしたんだ？」

途中で会ったルッカスが、引きずられていくオレを見てニヤッと笑った。ルッカスと一緒にしないでくれる!?　最近はそんなに……ちょっとしか怒られてないから！

「ちがうよ！　パーティーの準備だよ！　おいしいもの作るの」

「パーティー？　美味いものか、俺も行くー！」

ふふふ……おいでおいで、君にも手伝ってもらうからね？　頼むよ助手くん。

まんまと釣られたルッカスに、さらにリリアとキャロも合流して、オレの助手は3人に増えた。村の中で管狐たちは活躍できないし、子どもといえどもここらの子は、6歳あたりで奉公《ほうこう》に出る子もいるくらいだから、十分役立ってくれるだろう。

「うーんと、おばさんたちは何を作るの？」

「あたしたちが作るのなんて、いつもそう変わりやしないよ！　ブルの肉焼いて、あとは芋のミルク煮なんかかねぇ」

特産品、と言うほどでもないけど、ロクサレンは牧場と畑があるので、お肉も野菜も、贅沢を言わなければ比較的簡単に入手できる。お祭りやパーティーの時は、お肉とサラダ、ミルク煮とチーズが並ぶのが定番だ。ミルク煮はじっくりと煮込まれた根菜が優しい、シチューみたいなもので、ごろりと入った塩漬け肉の燻製《くんせい》でたっぷりと旨みが出て、素朴ながらとても美味しいお料理だ。子どもにはチーズを混ぜ込んだものも人気なんだよ。

「あ、そうだ！　ほら、カロルス様に教えてもらった魚！　あれも出せるんじゃないかい？　カニはちょっと無理だけどさ」

クラウドフィッシュフライだね！　まずは領地でお試し、ということで、領民にはこそっと調理法を広めてある。この魚は岸から竿で釣れるからいいけど、カニは少し沖合まで船を出さないといけないし、クラウドフィッシュの群れが危ないので、ヤクス村では獲《と》れないんだ。

「じゃあ、オレはそれ以外だね、どうしようかな？」

メインはお肉とミルク煮で十分、あとはつまめるものとデザートでもあればいいね。

ちなみに、１人でそっと抜け出そうとしたルッカスは、無事にリリアとキャロに捕獲されていた。

「俺、料理なんてできねえよ！」

「安心しなさい！　私もできないわ！」

「キャロはお手伝いしてるから、ちょっとできるよ～」

3人ともきれいに手を洗って、お外に簡易調理台を出しておけば準備はオーケー。みんなが手伝えるものだから……切って刺すだけのピンチョスでも作ってもらおうか。

材料を切って順番に並べたら、先頭に爪楊枝《つまようじ》サイズの串を置いておく。これなら順番に刺していけるだろう。

「あのね、みんなでお手軽につまんで食べられるお料理にするから、順番に刺して……こんな風にしてくれる？」

「わあ！　かわいい～」

「素敵じゃない！」

「え～食い足りねえじゃん」

これは前菜というかおつまみというか、お腹を膨らませるものじゃないからいいんだよ！そんなにたくさんの種類を作るつもりじゃなかったんだけど、チーズが色々あるから、塩味と風味を考慮してお肉や野菜、果物と合わせたりしていると、どんどん種類が増えてきた。他にも、小さく切ったバゲットにたっぷりハーブバターを塗って、クラウドフィッシュのすり身と香草を載せ、パン粉をまぶして焼いたのとか、しょっぱい塩漬け肉と蜂蜜漬けフルーツなんかも、彩りがよくてとてもパーティーらしい。

「ユータ、も、もうそのくらいにしてくれない？」

「パーティーに間に合わなくなっちゃう～」

いつの間にかテーブルいっぱいになった材料の山に、つい楽しくなっていたオレは仕方なく手を止めた。

「うまー！　これもうまー!!」

「もうっ！　ルッカスつまみ食いしたらダメ！」

――許さないの！　ラピスたちだってガマンしてるのに！

「あっ？　ラピス!?」

バチィ！

「いでぇっ!?」

こっそり食べた一口が思いのほか美味しかったらしく、夢中になって作る端から食べようとするルッカスに、ラピスの天誅が下った。ひやっとしたけど一応加減はしてくれたらしい。強めの静電気……罰ゲームの電気ショック程度かな。よかったね、黒焦げにならなくて……。

「な、なんだなんだ……？」

「えーと、1人だけつまみ食いしようとするからバチが当たったんだよ！」

「な、なんか結構直接的なバチね？」

リリアがちょっとビクビクしている。さては食べようとしてたね？

さて、ピンチョス作りはラピス監視のもと、３人に任せても大丈夫だろう。貴族の夜会じゃないんだから、多少いびつだって構やしない。

「ユータ、何してるの？　ジフが『あの野郎、どこ行きやがった!?』って探し回ってたよ」

さて次は何を作ろうかと考えていたところへ、ひょっこりセデス兄さんがやってきた。

「どうして？　なんの用かな？」

「さあ……でも料理のことで間違いないいんじゃない？　パーティーするんでしょ？　何作るか相談しようと思ったんじゃない？」

料理長、オレがいなくたって全然困らないと思うのだけど。とりあえずこの場を3人とラピスに任せて、一旦戻ってみようかな。

「おお、きれいだね！　美味しそうだ、ひとつちょうだ、い…………!?」

止める間もなくひょいっとピンチョスをつまんだセデス兄さんが、口へ放り込むと同時に、素早く飛び退いた。

——……さすがなの、でもこれならどうなのっ!?

バチッ！　バチィッ！

次々閃《ひらめ》くプチ雷撃を、必死の形相で避けるセデス兄さん。すごいなあ、見えないと思うんだけど、どうやって避けてるんだろう。

「ゆ、ユータっ！　のんびり見てないでっ！　止めてっ!?　これ、ラピスでしょっ！」

――よく分かったの。褒めてやる、なの。

ラピスがすっかり鬼教官モードになっている。対するセデス兄さんは、冷や汗を掻きつつ、なんとか華麗な回避を見せていた。もっと見ていたい気もするけど、さっさとジフに会って戻ってこないと。

「ラピス、遊んでないで行こっか」

――うん！　ラピス、ユータと行くの！

きゅうっと鳴いて、オレのほっぺにすりすりしたラピスは、やっぱりかわいいラピスだ。

人目につかないところでフェアリーサークルを起動すると、厨房《ちゅうぼう》のジフのところへ。

「ジフ、オレを探してた？　どうし……」

「お前っ！　どこほっつき歩いてやがった！」

忙しそうに何かを刻んでいたジフが、オレを見るなり駆け寄って胸ぐらを掴んだ。

「村で歓迎会やるんだって知らせを受けてな。ロクサレン家からも料理出すだろ？　となるとよ、やっぱ王都にいた貴族にとって珍しいもの、っつうとカニになるだろ？　でも今ここにはねえんだよ、お前、獲ってきてくれ！」

こそっと耳打ちされて、きょとんと首を傾げる。

「獲ってきてくれって……どこから？」

「海に決まってんだろがぁ！　畑で収穫できるってのかよ！　お前、できんだろ？　ちゃっと行って取ってきてくれよ」

ええ～できるかなぁ。それって怒られたりしない？　オレがバスコ村に行ってもらってくるのは、色々ボロが出そうだから却下《きゃっか》だ。このあたりでも一応カニは獲れるはずだけど、ラピスたちにできるかなぁ。

――もちろんできるの！　おかしいゴローなの！

ラピスは、耳としっぽをピンと立てて自信満々に胸を張った。ゴローさんは知らないけど、多分、お安いご用って言いたいのだろう。

一抹《いちまつ》の不安はあるものの、オレもさっさと用事を済ませてデザート作りにかかりたい。レーダーで人気がないことを確認して、海岸沿いでラピスとイリスを見送った。

「あのね、カニだからね！　他のじゃないよ、それにたくさんもいらないから！　お試しにエリちゃん一家に食べてもらうだけだからね!?」

――分かってるの！

しっぽをふりふり勇んで飛んでいったラピスたちに手を振って、オレはオレで今できる準備をしておこう。

ちょっとしたスペースを確保すると、作業台を作って、ひとまずクッキー生地を作り始めた。あまり凝ったものを出してもよくないし、あくまで肩肘《かたひじ》張らない村人の歓迎の気持ちだ。豪華なものじゃなくて、素朴なクッキーにしよう。あとはお祭りの時に作ったことのある、パンケーキやクレープかな。そんなことを考えながらせっせとクッキー生地を準備し、フルーツをカットしていると、フッと手元が陰った。

「きゅっ！」

「あ、ラピス、もう獲れ……」

――ちゃんと獲ってきたの！　カニ1匹だけなの！

得意げなラピス。……カニはね、食材となれば1杯2杯って数えるけど、生きているカニは1匹2匹って数えるらしい。だからこの場合は1匹で合ってるねぇ……オレはウゴウゴと脚を動かすカニを見上げて、思わず現実逃避した。

「ねえ、ジフ。ちょっと聞きたいことがあるんだけど」

「あ？　なんだお前、まだいたのか！　とっとと行かねえと間に合わねえよ！」

一般人が縮み上がるような視線を受けて、ちょっと肩をすくめる。

「えっと、そのことでご相談なんですけども……カニさん、ちょーっと大きめでも食べられるでしょうか？」

「あん？　大きくても味は落ちなかったじゃねえか、なんだよ、気持ち悪ぃ」

うん、色々検証した時に、大物のカニも美味しいってのは分かってた。でも、もうちょっと、そう……もうちょちょちょーーっと大きい場合はどうかなって。

えへへ、と曖昧《あいまい》な笑みを向けてそわそわするオレに、ジフが訝しげな顔で目を細めた。

「てめえ……今度は何やらかしやがった」


「…………」

「ね、ちょっと……大きめだよね」

庭にそっと置いたカニさんを見上げて、ジフが絶句している。やっぱりビックリするよね、ワゴン車サイズのカニさんじゃあねぇ。

ちらっと見上げたら、ゆっくりと視線を下げたジフと目が合った。えへっとまた曖昧な笑みを見せると、ジフがもう一度ゆっくりと視線を戻し……。

「……これはカニじゃねええぇ!!」

ドスの効いた大声が響き渡った。

あの巨大カニさんは、魔物だったらしい。道理でトゲトゲしてると思った。ハサミも1対多いなって思ったんだ。

でも、獲ってきちゃったし、見た目はカニっぽいし、とりあえず食べてみようってことで、巨大な爪を1本ゆがいてみた。豪快に半分に割れば、もわんと湯気が立ち上り、透き通るような真っ白の身が現れた。洗面器みたいな大きさだけど、見た目はまさにカニ。つやつやのカニ身にごくりと喉を鳴らすと、手掴みでひとすじ口へ運んだ。

「んっ！　おーいしい！」

不思議なほどに甘くて、カニでしか味わえない濃厚な旨み。弾む弾力と共にとろける不思議な食感。これはタラバガニよりもズワイガニっぽいかな。ズワイガニがこの大きさで食べられるなんて……夢じゃないだろうか。

「……ふむ、食えそうだな」

横目で見ていたジフも、オレが美味そうな顔をしたのを見届けて口へ運んだ。ジフ……オレに毒味させたの……⁉

——美味しいの！　今度見つけたらまた獲ってくるの！

功労賞のラピスも大きなカニさんに大喜びだ。でも、あんまり獲って絶滅なんてしたら大変！　ほどほどにしようね！

「おお……うめぇ！　こりゃうめぇな。うむ、確かにカニだ。なら料理に使やいいな」

よし！　バラして料理にしてしまえばバレない！　完全犯罪だ。オレとジフは、ニヤリと悪い顔で笑った。

「遅くなってごめんね！」

ついついカニのつまみ食《ぐ》……料理の手伝いが捗《はかど》っちゃって、戻ってくるのが遅くなってしまった。こっちはアリスに頼んできたから、つまみ食いはできないはずだけど、うまく作業が進んだろうか。

「お任せしてごめんね、できたか……な？」

そろそろ仕上がろうかという段階で、嬉しげに振り返ったルッカスとリリア。

「おう！　ユータ見ろ！　俺スペシャル！」

「見て見て！　私のかわいいでしょ」

妙に茶色い、ルッカスの作ったピンチョスと、妙に赤いリリアのピンチョス。

「ごめんね～一応、止めたの」

困った顔のキャロがため息を吐いた。ルッカスはひたすら肉を刺し、リリアはトマトとハムだけを刺している。順番通りに刺していくのに飽きた2人が、スペシャルを考案してくれたらしいけど、なんかさ……彩りってものがあるじゃない？

まあいいか、子どもの作ったものだし。お皿に緑の葉っぱを敷いて、2人のを交互に並べたらなんとかなるだろう。

「ありがとう……。じゃ、じゃあ次はデザートを作ろっか！」

「「やったー！」」

クッキーは館の方で焼くとして、デザートもピンチョスの流れで、一口サイズにしたらどうだろう。焼いたパンケーキを小さくカットして、クリームを絞ってフルーツを載せる。うん、いいんじゃないかな。

「これかわいいね！」

「私もやりたい！」

「俺スペシャル作ってもいいか？」

小さなケーキを見て、子どもたちが目を輝かせて手伝ってくれた。ルッカスは欲張ってクリームもフルーツもいっぱい載せようとするから、すぐに崩れちゃう。無念そうだけど、これはちょっとずつ載せるのがいいんだよ。

その間に、オレの方はせっせとクレープ生地を焼いていった。この薄い生地を扱うのは、子どもでは難しいかもしれないね。でも、そろそろ時間が厳しいだろうから、オレ1人では辛い。人手が欲しいところだ。

「ねえ、ラピス……」

「きゅっ！」

しゅぱっと飛んでいったラピスを見送り、生地を焼く作業に戻った手元を、キャロが不思議そうに見つめた。

「ユータ、それお祭りの時に作ってくれたやつ？　なんだか小さくない？　それじゃくるくるできないんじゃないの〜？」

キャロは覚えていたんだね！　そう、この大きさだと普通にクレープにするには小さいけど、今回はちょっと違うんだ。

小さめのクレープ生地がうず高く積み上がった頃、ラピスに連れられて、背の高い人影がやってきた。

「なになに？　こっち？　いたっ、もうちょっと優しく連れてきてくれないかなぁ！」

ラピスに体当たりされながら近づいてきたのは、言わずと知れたセデス兄さん。

「あ、セデス兄さん！　ちょっと手伝って！」

「ちょうどいいところに、みたいな雰囲気出してるけどさ、僕、無理矢理連れてこられてるからね？　で、何を手伝ったらいいの」

少々不満そうではあったけれど、手伝ってはくれるようだ。

「デザート作ってるの！　これをこうして……ほら！　いいでしょう？」

「へえ、面白いね！　食べやすいし、みんな喜ぶだろうね」

スプーン1杯分ほどの具材とクリームなんかを包んで、四角く折りたたんだクレープ。上に相性のいいハーブを飾れば完成！　ひょいっとつまんで食べられるデザートだ。きっとみんな食事の方でお腹いっぱい食べるから、デザートは少しずつの方がいいだろう。

少々繊細なので、セデス兄さんと2人で頑張って仕上げると、残った生地はミルクレープ風に層状にして、これも小さくカットしてピックを刺しておいた。

「ふう、ひとまずこれで完成でいいのかな？」

セデス兄さん、意外と手先が器用で作業が早い。今度から助手に任命させてもらおうかな？

少なくとも、お料理系統は厄災レベルでダメだったエリーシャ様よりずっといい。ちなみにカロルス様も論外だ。

「こっちもできたわよ！」

「うわあ、並ぶとかわいいね～」

「もっと俺らしさの表現ができる、もの作りがしたいぜ！」

どこぞの芸術家が言うことは置いといて、頑張ってくれたみんなを労《いたわ》り、お礼の代わりに、あの巨大なカニを味わってもらった。でも、食べ過ぎたらせっかくのパーティー料理が食べられなくなっちゃうから、少しだけね。


準備が一段落して、セデス兄さんと一緒に館へ戻ってくると、２人して捕まって衣装部屋へ連行されてしまった。俺はサイズの問題があるけど、セデス兄さんはそんなに変わらないんだから、毎回こうしてとっかえひっかえ合わせる必要があるんだろうか……。

「サイズはもちろんですけど！　ロクサレン家として揃った時の見栄《みば》えもあるでしょう？　装飾品なんかも実際に合わせてみたいですからね」

一応真剣に選んではくれているんだな……衣装選びは疲れはするけれど、着飾って髪を整えられたセデス兄さんは、文句なしに王子様。オレだってきっとカッコよくキマっているのだろう。

「ユータは何着てもかわいいね、とてもよく似合っているよ」

姿見の前でカッコイイポーズをとっていたら、セデス兄さんの何気ない言葉が胸に突き刺さった。

「ユータ様、準備は整いましたか？」

ノックと共に顔を覗かせた執事さんを見て、ふといいアイディアが閃いた。

「そうだ！　ねえ執事さん、一緒にとくべつなプレゼントしない⁉」

「特別なプレゼント……？　あの一家にですか？」

「そう！　でも、みんなへのプレゼントにもなるよ！　きっと喜ぶから」

訝しげに首を傾げる執事さんをぐいぐい引っ張って、さっそくさくせん会議をしよう！

「ゆ、ユータ様、少々お待ちいただけますかな？　表にフレリア家の方がおいでです。カロルス様とお話しされる予定なのですが、エリ様が心細いでしょうから……」

「エリちゃんが来てるの？　オレ行ってくる！」

フレリア家っていうのがエリちゃんたちの家名だ。言葉は悪いけど、本当に弱小貴族らしく、王都ではあまり貴族として扱われてはいないそう。庶民的な感覚の方々なので、カロルス様とは気が合いそうだね。

「エリちゃん！　いらっしゃい〜」

「あ、ユータ……様？」

これでいいのかと首を傾げるエリちゃんに、くすくす笑った。

「ううん！　ユータでいいんだよ」

「そうなの？　でもパパとママが……」

困った顔でもじもじするエリちゃんに、もう一押し。

「だってタクトはユータって呼ぶよ？　オレだってタクトって呼ぶよ！　オレもエリ様って言った方がいい？」

本来オレは貴族じゃないから、エリちゃんには様付けが正しいのだろう。でも、なんだかよそよそしくて。村の中ではいいじゃない、夜会にでも呼ばれるなら仕方がないけれど。

「いやよそんなの！　そっか、タクトだって私をエリって呼ぶもん。それでいいよね？」

「うん！　大人になったら、いろいろ使いわけるといいんじゃない？」

「分かった！　ユータちゃんね！」

できたらユータ『くん』の方が嬉しいけど、まあいいか。オレたちは顔を見合わせてにっこりと笑った。

「ママさんはどう？　長旅で疲れちゃったんじゃない？」

「ううん！　ママね、なんだかちょっと元気になったの！　パパもすっごく喜んでたよ」
……回復薬、普通くらいのやつだったけど……ちょっと効果あったんだろうか？　それとも
ヤクス村の穏やかな雰囲気のせいだろうか。
「じゃあ、ごはんも色々食べられるかな？」
「きっと食べられるよ！　いっぱい食べて元気になったらいいな！　パパも元気になったし、
私、ここに来てよかった！」
満面の笑みで微笑んだエリちゃんに、想定外とはいえ、パパさんを回復できてよかったと思
えた。

「カロルス様、エリちゃんと遊びに行ってもいい？」

「おう、汚すなよ、また着替えさせられるぞ」

「エリ、ご迷惑にならないようにね」

応接室に声をかけて、オレたちは村に向かって走り出した。今日はなんだか行ったり来たり
しているね。

「リリア、キャロ！　お友達つれてきたよ！」

広場にいた2人に声をかけると、オレより背の高いエリちゃんがちょっと小さくなって、き

ゅっと手を握った。

「こんにちは！　あなた誰？　私はリリア！」

「私、キャロ。あ、もしかして貴族様の？　はじめまして〜」

駆け寄ってきた友好的な2人に、エリちゃんがホッと表情を緩めた。するっとオレの手から柔らかな手が離れ、エリちゃんは一歩前へ踏み出した。

「私、エリって言うの！」

「エリちゃん、よろしくね〜」

「よろしく！　ねえ、一緒に行きましょ！　私がいいところ教えてあげる！」

ファーストコンタクトに、オレの方がドキドキしていたけど、子どもってすごいな。何の気負いもなく、すんなりエリちゃんの手をとると、3人で走り出して行ってしまった。……あれっ？　オレは!?

「待ってよ〜！」

ぽつんと置いていかれたオレは、慌てて3人を追って走り出した。


村でやるんだから、このままパーティーが始まるまで居座ろうと思っていたんだけど、ぽんっとやってきたアリスから、戻ってきなさい指令が届いてしまった。どうやらちゃんと領主家として、改めて登場しなきゃいけないらしい。

「おう、遅かったな。もう少ししたら出るぞ」

今まで走って行き来していた道を、今度は馬に乗って登場するそうだ。

「ユータ様、整えますね」

マリーさんが服にくっついたゴミを取り除き、ブラシをかけてくれ、エリーシャ様がオレの髪を梳いてくれた。汚さなかったつもりだったんだけどな。

「どこに行ってたの？　葉っぱがあちこちに絡んでるわよ」

「あのね！　リリアとキャロと、エリちゃんで遊んでたの！　スイの実が生《な》る場所とかね、ワカタケの生える場所を教えてもらったの」

スイの実は甘みよりも酸っぱさが強かったけれど、村の子の貴重なおやつらしい。ワカタケは小さくて柔らかい、タケノコみたいな山菜っぽいもの。お料理に使うんだそうで、これを集めてくるとおこづかいがもらえるんだって！

「うふふ、みんな仲よしになったのね。でも、あんまり採らないであげてね？　村の子の大事なものだから」

ちょっと心配そうな顔に、にこっと笑う。エリーシャ様はよく気が付くんだな。

「うん！　みんなのだもん、採ったりしないよ、大丈夫」

「あなたは、物分かりがよすぎるわ……もうちょっとワガママ言ってもいいのよ？　ごめんなさいね、そんなことを強《し》いて。今度いろんな実が採れるところに連れていってあげるからね？辛かったらちゃんと言ってちょうだいね？」

ぎゅっと抱きしめてくれる柔らかな体に、ほわっと胸の内が満たされる。すごいな、エリーシャ様は。我慢してるつもりはなかったのだけど、少しだけもやっとしていた3歳の心が、きれいに浄化されたような気がした。

「そういえば、ユータ様、私に何か用事があったのでは？　もうよろしいのでしょうか？」

執事さんに問われてハッと思い出した。

「よろしくない！　ちょっと来て！」

「おい、もうすぐ出るぞ？」

「大丈夫、たぶん！」

何が大丈夫なんだ、ってカロルス様の呟きを置いて、執事さんを引っ張ってさくせんを伝えると、ちょっと渋い顔をしたものの、カロルス様の許可があればとお許しをいただけた。

普段は夕方になるとがらんとしている広場だけど、今日は方々に明かりが灯《とも》ってたくさんの人が集まり、なんだかワクワクする雰囲気が漂っていた。

ロクサレン家の登場に、集まった村人たちから歓声が上がる。いい意味で貴族様扱いされていないカロルス様だけど、村の人たちの嬉しそうな顔に、領主様としてはとても好かれているのがよく分かった。

「――ヤクス村に来たからには元気になれよ！　歓迎するぜ？　よぉし、フレリア家に！」

「「「フレリア家に!!」」」

村長さんやカロルス様の歓迎の言葉のあと、力強い声と村人の唱和《しょうわ》でパーティーが幕を開けた。エリちゃんのママさんはなぜか泣いちゃったけど、きっとそれは悲しい涙ではないだろう。

広場の中央にお料理の台が並び、あちこちにベンチと簡易テーブルが設置してあって、基本的にパーティーはブッフェスタイルだ。カロルス様たちとエリちゃん家は、さすがに別席が設けられていて、ジフが夫婦へカニ料理について熱弁を振るっているところだ。ジフもだいぶ料理について口上《こうじょう》を述べられるようになったんだよ、言葉遣いはあんまり直ってないけれど。

「う、海蜘蛛《うみぐも》、ですか……」

「そう、海蜘蛛です。けど、騙《だま》されたと思って食ってみて下せぇ、目ン玉ひっくり返る代物《しろもの》です、王都にもいずれ広まるモンですぜ」

パパさんがちらっとママさんを見て、自分が食わねば！　と奮い立ったらしい。意を決して、美しく盛られたカニ身をほんの少し口にした。まずいものを想像していたのであろう、貼《は》りついた作り笑いが、一瞬真顔になった。

「なんだこれは……!?　美味い、……美味い!!　サーニャ、食べてごらん！」

「え？　ええ……」

勧められるとは思わなかったのだろう、面食らいながら口にしたママさんも、上品に口元を押さえて目を見開いた。ニヤリと悪人面をしたジフが、ここぞとばかりに煌《きら》びやかなカニ料理を並べ、夫婦の目を釘付けにすることに成功したようだ。

「る、ルッカス、そんなに取って食べられるの？」

「だってどれも美味いもん！　なくなったら困るだろ！」

席に座っていてもつまらないので、大皿を持ってうろうろしていると、てんこ盛りにしたお皿をよろよろと運ぶルッカスに出会った。

「これ、母ちゃんたちが作ったんだ！　こうやって食うと美味いぞ！」

ぐい、と押しつけられたクリーム煮には、別に置いてあったであろうチーズの塊がぶち込まれていた。クリーム煮の熱で徐々にとろけていくチーズを、スプーンでこそげながらお芋と絡めて口へ運ぶと、まるでチーズフォンデュのような味わいで夢中になってしまった。

「美味しい！　ルッカス、これ美味しいね！」

「だろぉ？」

へへっと得意げに笑ったルッカスも、美味い美味いと次々に皿の上を片付けていく。さすが、この世界の人は子どもでもよく食べる！　だからあんなに大きくなるのかなぁ。再び押しつけられた炙り肉を頬張りながら、既に満足しつつあるお腹をさすった。

「あ、ルッカスとユータ！」

「ユータちゃん！　パーティー、楽しいね！」

ルッカスとお料理を食べていたら、リリアたち3人が声をかけてきた。

「エリちゃん、楽しいね！　お料理はどう？　あっちのはオレたちが作ったんだよ！」

「2人から聞いたよ！　ビックリしちゃった！　どれもすっごく美味しい！」

華のように笑ったエリちゃんは、馬車にいた時と見違えるようだ。

「……」

急に静かになったルッカスを不思議に思って見上げると、ぽかんとエリちゃんを見つめて黙り込んでいた。そっか、一家の紹介はされたけど、直接会うのは初めてなんだね。

「エリちゃん、ルッカスだよ！　ルッカスはもう知ってると思うけど、エリちゃんだよ」

「ルッカスくん？　よろしくね！」

にこっと笑ったエリちゃんに、妙に静かなルッカスが小さく、よろしく、と言った。

「ルッカス〜、顔が赤いね」

「あははっ！　ルッカスったら」

意味ありげにくすくす笑った２人が、再びエリちゃんを連れてスイーツコーナーの方へ歩いていってしまった。もうデザートに取りかかるんだろうか。さっき知り合ったばかりだというのに、随分親しげな様子に、なんだかオレまで嬉しくなってしまった。

ピンチョスやスイーツの売れ行きはどうだろうかと覗きに行くと、村の女性たちでセール会場のようになっていた。

「まあっ！　こんな繊細な食べ物、貴族様だって食べられるもんじゃないよ、村にあるものがこんなシャレたもんになるとはねえ」

「ホントホント、フルーツと塩肉なんて組み合わせ、考えもしなかったよ！　これも、これも！この組み合わせ、使えるねぇ！」

ここで使った塩肉は、生ハムみたいなものだから、いわば生ハムメロンだね！　しょっぱいものと甘いものの組み合わせって案外美味しいんだ。あまり彩りや見た目を気にする文化のない村だけど、最近、料理の見た目を美しくするってことが流行りだしているようだ。それに、お祭りなんかで見たロクサレン家のお料理を、各家庭で再現したりアレンジしたり、村人の料理レベルがすごく上がってるってジフが驚いていたよ。そういう料理があると知れば、材料自体は特別なものを使っていないから、ベテラン料理人のおばさんたちにも再現可能なものが多い。みんな美味しいもの食べたいもんね！　スイーツ方面でも、オレがよく使うクリーム、いわゆる生クリームが斬新だったようで、村の女性陣の憧れの的らしい。作り方は教えたのだけど、脂肪分の安定しない自然な動物性クリームでは、なかなかうまく生クリームを作るのが難しいんだ。その代わり、カスタードクリームはみんなが作れるようになったよ。

上々の評判を聞きながら歩いていると、人だかりにセデス兄さんの姿を見つけた。

「あ、セデ……」

声をかけようとして手を上げ、耳に入った話の内容に言葉を飲み込んだ。

「これね、ユータたちが作ったんだよ、見てごらんよ、この彩りのよさ！　王都でもそうそう見ない美しい料理だと思わない？　小さいのにこんなことができるんだよ！　そう、そっちのクッキーもウチのユータが！　普通はできないよね？　しかもパーティーに合わせて作るものを考えたりして、気が利くったら！　あ、それは僕も手伝ったんだ。なかなか器用なもんでしょ？」

目をきらきらさせた女性陣に囲まれながら、ひたすら身内自慢をしているセデス兄さんに、オレはそっと目を逸らした。

「ユータ様、そろそろです」

「あ、そうだね！」

声をかけてくれた執事さんと、そっとその場を離れる。うまくいくかな？　ちょっとドキドキして、執事さんの手をきゅっと握ると、執事さんはそっと微笑んでくれた。

「やると決まればきちんとやりますよ。私の手柄になってしまっていいのですか？」

カサカサした大きな手は、いつも揺るぎなく、執事さんの心の強さが伝わるようだ。安定した心は、こんなにも他人を安心させるものなんだね。

「もちろん！　ごめんね、巻き込んで」

「いいえ、勝手にやらずに相談できるようになりましたね」

もうすぐ学校だもの、オレだってちゃんと成長しているんだよ！　掠めるように頬に触れた手を握り、ぎゅっとほっぺを押しつけた。


「皆、楽しんでいるか？　夜も更《ふ》けてきた、飯も残り少ない、そろそろ宴《うたげ》も終わりとしようか。どうだ、ヤクス村は？　なかなかだろう」

最後の台詞は、フレリア家に向かってのもの。

「本当に……本当に感謝しています。このような……没落貴族に温かな手を差しのべて下さって。正直、田舎に移ることで厳しい目に遭うことを覚悟しておりました。村の中で孤立することも、食事が一変することとも」

パパさんが、ぐいっと目元を拭った。村人といえど、大人には大体事情が察せられる。貴族が王都を出て田舎に移るなど、養生以外にも理由はあろうと。環境はよくとも、回復術士も薬も、田舎の方が圧倒的に入手できなくなるのだから。金のない貴族は、かといって平民にも受け入れられず、なかなか辛い立場を強いられる。

「うちにゃカロルス様がいるからね！　あんたらは十分お貴族様だよ！」

「そうとも！　今まで踏ん張ってきたんだ、ゆっくりしな！」

ヤクス村は、貴族のイメージが非常にいい。ロクサレン家が生活を支え、ロクサレン家が潤うことが村も潤うことだと理解しているから、貴族とは自分たちを守り支えるものだと信じてくれている。それもこれも、カロルス様たちが善政《ぜんせい》を敷いていたからだと、関係ないオレまで誇らしい気持ちになった。きっと、この村の人たちは、ロクサレン家が没落したとしても、支え、守ろうとしてくれる。声を詰まらせたパパさんにエリちゃんが飛びつき、そっと微笑んだパパさんがエリちゃんを抱き上げて続けた。

「私たちはなんという幸運に恵まれたのか。村人は温かく、領主様はなんと懐の広いことか。これが、天使の住まう土地……まさに、その名に相応しい。ありがとう、ここに来られたことを、全てを、感謝する……」

深々と頭を下げたパパさん。そっと寄り添ったママさんの目にも涙が浮かび、村人からは拍手と労りの声がかけられた。

「おう、気にすんな！　その代わり、お前らもオレの色々を気にするなよ！」

カロルス様の身も蓋《ふた》もない台詞に会場が沸き、フレリア家に泣き笑いが広がった。

「それじゃ、フレリア家の新たな生活の始まりに、ロクサレンからお祝いだ！」

きょとんとした数多《あまた》の視線がカロルス様へ集中したその時……。

ヒュウ……ドーーン!!

夜空に大輪の華が咲いた。

「なっ……!?」

「こ、これは!?」

ドーン！　ドーーン!!

「うわー！　ママ、パパ、見て見て！　すごい、すごーい!!　お空にお花が咲いた！」

唖然《あぜん》と口を開けた一家と、村人たち。そして素直に喜んで跳ね回る子どもたち。

あとを執事さんとラピスに任せて、こそっと戻ってきたオレは、カロルス様に抱き上げられて夜空の光を見つめた。執事さん、さすがAランク冒険者だね、初級魔法の応用とはいえ、すぐにやりこなしてみせるとは！　ラピスのは……以前から結構練習したみたいなんだけど。

時々上がるやたら大きくていびつな華に、ラピスらしいとそっと笑った。

「……さすがに、派手だな」

ぽかりと口を開けて夜空を見つめる人々に、カロルス様はさすがにやりすぎかと苦笑した。

「オレにとっちゃ、あんまりいい思い出じゃねえんだけどな、お前だって……」

ぎゅっとオレを抱く腕に力を込めて、確かめるように顔を埋めたカロルス様が、ぽつりと呟いて、少し情けない顔でオレを見つめた。揺れるブルーの瞳には夜空の華が映って、きらきらして見えた。

「だから、楽しい思い出にするんだよ！　ほら、きれいでしょう？　オレ、楽しいな」

カロルス様の辛い思い出がオレのせいなら、それを塗り替えられるのも、きっとオレだけ。

ぎゅうっと力一杯硬い体を抱きしめ、少し冷えた頬にオレの柔らかい頬を押しつけて笑った。

「お前は、ちっこいくせに……強いやつだ」

カロルス様は、いつもの顔で笑うと、わしわしと乱暴にオレの頭を撫でた。

あとがき

ユータ：ついに3巻だよ！手にとっていただいた皆様、本当にありがとう！
ラピス：いっぱい活躍を見てもらえて嬉しいの！
セデス：これでユータもやっと学校に行けるようになるね！　成長し……したかなぁ？
ユータ：したよ！　ほら、こんなに大きく！……わっ!?
カロルス：はっは！　俺の手のひらにケツが乗るサイズで何言ってやがる！
エリーシャ：まあ！　手乗りユータちゃん！　かわいいわ!!　私の手にも座ってちょうだい！
ユータ：エリーシャ様の手のひらに座れたら、オレ立ち直れなくなりそう……。
エリーシャ：大丈夫、心配いらないわユータちゃん！　私、そこそこ力はある方なの！
セデス：そこそことは……。それは誰も心配してないと思うよ……。
ラピス：ユータはラピスよりずっと大きいの！　心配いらないの！
ユータ：ラピス……ありがと。
グレイ：ユータ様、それで今回はどのようにお過ごしだったのでしょう。
カロルス：お前……今回自分がいい思いしてるからって積極……おわぁ！　危ねえ！
グレイ：失礼。年のせいか、寒くなると咳が出ますねえ。

カロルス：咳は出ても魔法は出ねえよ!?
セデス：そうだねえ。ギルド行ったりグレイさんとデートしたり、呪われたり襲われたり……いつものユータだね。そうそう、新たな出会いも多かったね。
エリーシャ：とっても楽しかったわぁ！　またお買い物したり、ごはん食べましょうね！
マリー：……皆さん、随分と、楽しそう、ですねぇ……。
一同：(危険を察知！　散開ッ!!)
ユータ：えっ？　あれっ？　どうしたの??
ラピス：(ユータはドンクサイの……)

たくさんの方に支えられて、もふしら3巻まで出していただくことができ、本当にありがたい限りです。のんびりと進むお話で、なかなか時間が経過していきませんが、ゆったりした世界を楽しんでいただけると嬉しいです。

なんとコミカライズの方も連載が開始されました。文字、イラスト、漫画、立体作品など、多角的に楽しんでいただければ、1つの作品が何倍にも楽しめていいなと思っています。

最後になりましたが、今回も素敵なイラストを描いて下さった戸部淑先生、そしてかかわっていただいた皆様へ、心から感謝申し上げます。

SPECIAL THANKS

「もふもふを知らなかったら人生の半分は無駄にしていた3」は、コンテンツポータルサイト「ツギクル」などで多くの方に応援いただいております。感謝の意を込めて、一部の方のユーザー名をご紹介いたします。

ゆな。　きららぽん　凛咲 茜　会員～
ciel-bleu-clair　nyabe-c　mizuki　Rose'
タカ61(ローンレンジャー)　緋色　aya-maru
miwa-u　鯉のなます　Mag　みんみん　猫町
いすみ 静江　イザヤ　D.　那智　ビーチャム
木塚 麻弥　黒もふ　natu　もこわん　den
金ちゃん　大巳たかむら　炬恵　ラノベの王女様
遊紀祐一　Drago Chiaro

ツギクルAI分析結果

「もふもふを知らなかったら人生の半分は無駄にしていた3」のジャンル構成は、ファンタジーに続いて、恋愛、SF、ミステリー、歴史・時代、ホラー、青春、現代文学の順番に要素が多い結果となりました。

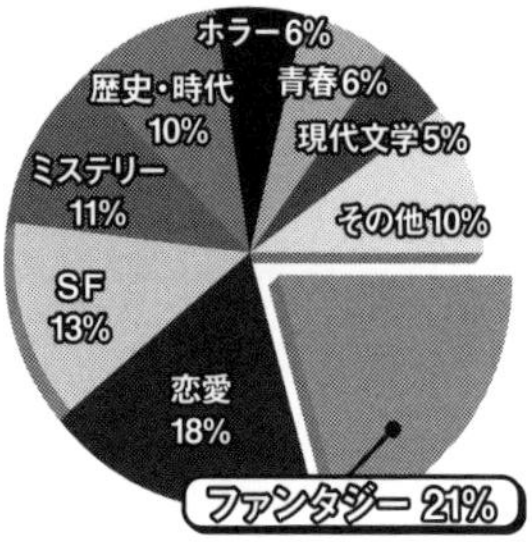

期間限定SS配信

「もふもふを知らなかったら人生の半分は無駄にしていた3」

右記のQRコードを読み込むと、「もふもふを知らなかったら人生の半分は無駄にしていた3」のスペシャルストーリーを楽しむことができます。ぜひアクセスしてください。

キャンペーン期間は2020年7月10日までとなっております。

https://books.tugikuru.jp/present/mofushira3-ss01.html

僕のかわいい娘は双子の賢者
～特技がデバフの底辺黒魔導士、育てた双子の娘がSランクの大賢者になってしまう～
著／メソポ・たみあ
イラスト／torino
マンガボックスにて
©DeNA
コミカライズ企画進行中！
双子の娘と一緒に
ほのぼの冒険に行ってきま～す!!

ハズレ
ポーションが醤油だったので
料理することにしました
1~4
著／富士とまと
イラスト／村上ゆいち
コミック1~2巻、好評発売中！
専業主婦が
異世界の料理を変える、
ゆるゆるファンタジー
一方的に離婚を突き付けられた専業主婦ユーリは、
突如、異世界に迷い込んでしまう。
S級冒険者によってポーション収穫の仕事を紹介され、
異世界の生活にも徐々に慣れてきたユーリは、収穫した
ポーションのとんでもない秘密に気付いてしまった。
外れだと思っていた回復機能のないポーションが、
実は醤油だったのだ。しかも、ハズレポーションで
作った料理は補正機能のオマケ付き！
ユーリの料理は異世界の常識を変えてしまうのか？
ゆるゆるとレベルを上げつつ、
異世界で新たに開発するユーリの料理をご堪能あれ！
本体価格1,200円＋税
ISBN978-4-7973-9769-7
ツギクルブックス
https://books.tugikuru.jp/